이 와중에 스무 살

이 와중에 스무 살

최지연
장편 소설

차
례

1장

눈이 부시도록

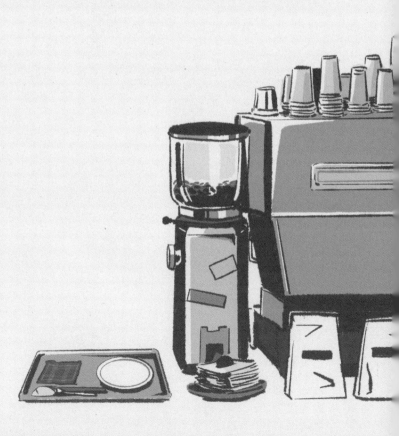

1

"엄마에게 남자가 생겼으면 좋겠어요."

내가 무슨 말을 내뱉은 걸까. 고개가 저절로 아래를 향했다. 나는 다른 사람이 나를 어떻게 볼지 염려하며 신중하게 말을 고르는 편인데, 상담사 앞에서는 그게 잘 안 된다. 입 밖에 내고 나서야 내가 무슨 말을 했는지 깨닫는 것이다. 째깍째깍, 탁상시계의 초침 소리가 귓속을 크게 울렸다.

"왜 그랬으면 좋겠어요?"

상담사의 차분한 목소리에 고개를 들었다. 나를 바라보는 상담사의 시선 역시 담담했다. 이런 반응이 내게는 익숙하지 않았다. 내 생각과 감정이 있는 그대로 받아들여지는 상황이 낯설었다. 무슨 말이든 다 받아 주는 상담사의 품이 너무 커서, 마음이 허공을 디딘 발처럼 휘청거렸다.

상담사는 내 말에 평가를 내리는 법도, 내 말이 나오는 통로에 걸림돌이 될지 모르는 조언이나 대안을 제시하는 법도 없었다. 내가 생각 없이 툭 던지는 말에도 신중히 귀를 기울였고, 맥락을 자세히 물어보며 따스한 온기를 쬐여 주는 데에 정성을 기울였다. 그러니 내 입은 무장 해제되어 별 얘기를 다 하는 것이다. 상담사 앞에서는 엄마에게 말할 때처럼 뭔가를 감출 필요도, 부풀릴 필요도 없었다. 햇볕이 내리쬐는 상담사의 너른 마당 위에 내 말을 빨래처럼 널어놓기 바빴다. 상담을 시작할 때 상담사는 비밀 보장을 약속했다. 하지만 이 대학 상담실에서 내가 하는 말은 비밀이 될 만한 것이 아니었다. 나는 오히려 밖으로 새어 나가길 바라는 말을 하고 있었다.

왜 그랬으면 좋겠냐는 상담사의 물음에 선뜻 대답이 떠오르지 않았다. 상담사는 재촉하는 기색 없이 내 대답을 기다렸다. 엄마가 상담사의 반만큼이라도 내 말에 반응한다면 얼마나 좋을까 싶었다. 엄마에게 남자를 만나 보라고 말한다면 반응은 뻔했다. 상대하기 싫다는 표정으로 압축된 한마디만

던질 것이다. 이를테면 지랄한다, 같은.

　엄마가 늘 냉담한 건 아니다. 피부를 단련시키려는 사람처럼 온탕과 냉탕을 마구 오가는 게 문제였다. 내버려 두었으면 하는 일엔 간섭을 하고, 좀 들어줬으면 하는 일엔 무관심한 식이었다. 나는 단련되기는커녕 기진맥진해지기만 했다. 간혹 엄마가 따뜻할 때조차 나는 불편함을 느꼈다. 찬물 속에 오래 있다가 따뜻한 물에 들어가면 따뜻함이 아닌 뜨거움을 느끼는 것처럼 말이다.

　만약 내가 온도가 너무 낮은 무시와 온도가 너무 높은 간섭이 아닌 적당히 따스한 관심을 받고 자랐다면 어땠을까. 옳으니 그르니 하는 판단과 평가가 아닌 그랬구나, 하는 공감을 받고 자랐다면 어땠을까. 건강한 마음으로 여러 훌륭한 일을 해내는 사람이 되지 않았을까. 꿈도 크다고? 그럴지도 모른다. 하지만 적어도 지금보다 덜 꼬이고 덜 눈치 보는 사람은 되었을 것이다.

　상담사는 외모도 어딘가 이상적인 엄마를 연상시켰다. 적당히 살집 있는 몸에 볼륨이 풍성하게 들어간 단발머리, 푸근한 미소를 지을 때마다 눈가와 입가에 잡히는 잔주름. 무릇 엄마라면 이렇게 생겨야 하지 않나 싶었다. 우리 엄마는 겉모습부터 엄마 같지 않았다.

얼마 전 엄마와 둘이 감자탕집에 갔을 때의 일이다. 옆 테이블에 앉아 있던 남자가 실수로 자기 바지에 물을 쏟는 걸 본 엄마는 재빠른 동작으로 근처에 있던 티슈를 뽑아 남자에게 넘겨 주었다. 남자는 감사하다고 꾸벅 인사를 하더니 식사를 끝내고 우리 테이블로 다가와, 실례가 안 된다면 자기 전화번호를 남겨도 되겠냐고 물었다. 검정 슬랙스에 흰 셔츠를 입은 깔끔한 인상의 남자는 20대 후반, 많아야 30대 초반의 직장인으로 보였다. 번호를 묻는 게 아니라 주겠다는 태도에 호감이 갔지만 덥석 받지 않고 빼는 듯하면서도 자연스럽게 받아야겠다고 생각하며 천천히 숟가락을 내려놓는데, 뭔가 이상했다. 남자가 내미는 명함의 방향이 내 쪽이 아니라 엄마 쪽이었다. 당황한 나에 비해 엄마는 침착하게 고개를 내저었다. 남자에게 제대로 시선을 주지도 않은 채였다.

"남자 친구 있으세요?"

남자가 실망하는 기색을 보이며 명함 쥔 손을 거둬들였다.

"남자 친구는 없는데 남편은 있어요."

엄마는 뚝배기에 밥을 말며 대답했다.

"아, 죄송합니다. 정말 죄송해요. 식사하세요."

남자는 붉어진 얼굴로 서둘러 가게를 나섰다. 나는 명함의 대상이 내가 아니라 엄마였던 것보다 엄마의 말이 더 황당

했다.

"없잖아."

"응?"

엄마가 모르겠다는 표정으로 나를 바라봤다.

"엄마, 남편 없잖아. 이혼했잖아."

"아, 그치?"

엄마는 숟가락으로 국물을 휘저으며 밥 먹는 데에만 열심이었다.

"그치는 뭐가 그치야?"

"얼마 안 돼서 잠깐 잊어버렸어."

"그걸 잊는다는 게 말이 돼?"

"너도 나이 먹어 봐."

"엄마가 나이를 먹으면 얼마나 먹었다고 이혼한 걸 잊어?"

"시끄러. 이혼이 뭐, 자랑이야? 남편 없다는 거 알리면 괜히 주변 심란해져."

고등학생 때부터 나와 엄마를 모녀가 아닌 자매로 보는 사람들이 종종 있었다. 엄마가 아무리 젊고 동안이어도 그렇지. 대체 엄마를 몇 살로 보는 건지, 아니 나를 몇 살로 보는 건지, 그럴 때마다 은근히 기분이 상했다. 하지만 내가 진짜 답답한 건 다른 이유 때문이었다. 우리가 겉보기만 비슷해 보이는 게 아니라 사는 모습도 비슷하다는 거였다. 구체적으로 말하자면 우린 둘 다 알바생이다. 나야 아직 학생이니 아마도 영원히 알바생으로 살진 않겠지만, 엄마는 앞으로도 알바생으로 살 것 같았다. 내 앞날만 닦달할 게 아니라 엄마 앞날부터 어떻게 좀 해야 하는 거 아닌가. 하지만 내가 생각해도 엄마의 앞날에는 별다른 뾰족한 수가 떠오르지 않았다.

그런데 그 사건이, 남자가 엄마에게 명함을 내민 그 사건이 내 머리에 반짝 불꽃을 터뜨렸다. 그래, 엄마에겐 여전히 가능성이 있었다.

"엄마가 좀 편하게 살았으면 좋겠거든요. 진로 특강 강사가 자신이 가진 자원을 최대한 활용하라고 하더라고요. 엄마가 가진 자원은 여전히 젊고 매력적이라는 거예요."

그렇게 말하며 나는 테이블 위에 놓인 볼펜을 손끝으로 툭 건드렸다. 그런데 너무 힘이 들어갔는지 볼펜이 테이블 가장자리를 향해 거침없이 굴러갔다. 나는 볼펜이 바닥에 떨어지기 전에 붙잡으려고 급하게 손을 뻗다가 그만 의자와 함께 옆으로 넘어지고 말았다.

"괜찮아요?"

상담사가 자리에서 일어나며 놀란 목소리로 물었다.

"네. 괜찮아요."

아무리 내 말을 다 받아 주는 상담사 앞이라도 이건 괜찮지 않았다.

상담실을 처음 찾은 건 여름 방학이 시작될 즈음이었다. 기말시험을 모두 망치고 윤지 선배의 동아리방에서 시간을 때우다 나가는 길에 학생회관 1층 복도에 붙은 상담실 안내 게시물을 발견했다. 해맑게 웃는 대학생들 얼굴 아래에 깨 알같이 적힌 문구가 돋보기로 확대된 것처럼 눈에 들어왔다. 학생들의 진로와 성격에 대한 어려움을 이해하고, 건강하고 활기찬 대학 생활을 도울 것이며, 학생들이 성숙한 사회인으로 성장하도록 함께 노력하겠다는 문구였다. 진로와 성격에 대한 어려움이라니, 내 복잡하고 엉클어진 상태가 이렇게 간결한 문장으로 정리될 수 있다는 사실에 약간 분했던 것도 잠시, 곧 진한 볼드체로 적힌 '건강'과 '활기'와 '성숙'과 같은 단어야말로 내게 결정적으로 결여된 것이라는 생각이 들었다. 어디 가냐고 묻는 윤지 선배를 뒤로하고, 나는 미끼를 문 물고기처럼 3층으로 올라가 심리 상담실의 문을 열었다.

학생회관의 습하고 우중충한 다른 동아리방과는 다르게 심리 상담실은 순간 눈이 시릴 만큼 환하고 깨끗했다. 햇살이 쏟아지는 커다란 창에는 하얀 블라인드가 걸려 있었고, 단정한 사무 가구 사이에 놓인 화초들은 싱싱한 초록빛을 띠고 있었다. 문 근처에서 주뼛거리고 서 있자, 한 여자가 다가왔다. 여자는 상담사라고 자신을 소개하고는 학생들을 위한 심리 검사가 있는데 받아 보겠냐고 물었다. 나는 고개를 끄덕였다. 상담사가 내민 검사는 한두 가지가 아니었다. 진로 탐색 검사, 직업 흥미 검사, 학습 유형 검사, 기질 및 성격 유형 검사, 다면적 인성 검사 등 종류가 다양했고 검사마다 답해야할 문항도 수십 개가 넘었다. 이렇게 귀찮은 일이 될 거라곤 예상하지 못했지만, 곧 받아들였다. 나를 아는 일이 그리 간단할 리 없으니까.

일주일 뒤 검사 결과를 들으러 갔다. 이번에는 상담사가 나를 안쪽에 따로 마련된 상담실로 이끌었다. 책장 하나와 모서리가 둥근 테이블 하나, 의자 여섯 개가 놓인 그곳은 아무런 장식 없이 깨끗하고 단순하게 꾸며져 있었다. 상담사는 연필꽂이와 탁상시계, 플라스틱 케이스가 놓인 테이블 위에 결과지를 펼치고 설명을 시작했다. 결과는 나에 대해 잘 설명하는 것 같으면서도 다른 유형의 설명 역시 내 얘기 같은 심리 테스트와 다를 게 없었다. 적성에 맞는 직무 분야의 예시는 너무 다양하고 많아 그냥 아무거나 하라는 말과 다를 게 없었고, 적성에 맞는 여가 활동으로는 경매, 카지노, 사냥

이 있었다. 그래서 어쩌라고? 마음의 소리를 입 밖으로 내지 않으려면 어금니를 깨물어야 했다. 감수성과 독창성이 높고 틀에 박힌 일은 싫어하나 다른 사람을 통제하여 권력과 명예, 경제적 보상을 얻는 것을 좋아한다는 대목에서 고개가 끄덕여지긴 했다. 행정, 재무, 전산, 통계 관련한 영역의 수치가 현저히 낮은 걸 보니 아주 엉터리 검사는 아닌 것 같았다(웬만한 타로 점보다는 나았다는 말이다). 상담사는 내게 약간 건강 염려증이 있다는 말도 했다.

"저, 건강에는 전혀 신경 안 쓰는데요?"

실제로 그랬다. 건강을 위해 비타민을 먹거나 운동을 하기는커녕, 다음 날의 숙취 따위 생각하지 않고 술을 마시곤 하는 내가 건강 염려증이라니. 그나마 미약했던 결과에 대한 신뢰도가 마구 추락했다. 상담사는 건강 염려증이 젊은 나이에는 건강에 대한 직접적인 염려가 아니라 미래에 대한 막연한 두려움의 형태로 나타나기도 한다고 말해 주었다. 감각의 민감도가 높고 불안과 걱정이 많은 성향이라는 것을 보여 주는 결과라고 생각하면 된다는 거였다. 그런가? 상담사가 내게 뭘 팔려고 하는 것도 아닌데 들을수록 영업당하는 느낌을 지울 수 없었다. 나는 쉽게 넘어가지 않겠다는 의지를 다지며 허리를 꼿꼿이 세웠다.

상담사는 잠시 결과지를 말없이 들여다봤다. 그러곤 갑자기 물었다.

"음, 부모와의 관계에서 어려운 점은 없나요?"

결과지의 어떤 항목을 보고 그런 질문을 했는지 알 수 없었다. 나는 뭐 좀 있긴 있다고 말했지만, 그다지 특기할 만한 사항은 아니라고 생각했다. 신문과 뉴스에 나오는 별난 부모 자식 사이에 비하면 평범한 수준이니까. 하지만 "어떤 점이 어려운가요?" 하고 상담사가 디테일을 묻는 순간, 예상치 못한 훅을 맞은 것처럼 허리가 굽혀졌고, 음, 그게, 그러니까…… 중얼거리다가 그만 눈물을 터뜨리고 말았다. 웬 눈물이야. 당황스럽고 무안해 손으로 얼른 눈물을 훔치는데 상담사가 테이블 위에 놓인 플라스틱 케이스를 내 쪽으로 쓱 밀었다. 그 안에 든 것이 티슈라는 것을 알게 되자, 누군가의 예측대로 움직였다는, 미래를 내다보는 사람의 손바닥 위에서 버둥거리고 있다는 굴욕적인 기분이 들었다. 그러나 까짓 굴욕 따위, 나중에는 티슈 한 통을 대놓고 비우곤 했다. 그럴 수 있었던 건 내가 아무리 울어도 정해진 시간 50분이 지나면 상담사가 칼같이 자리를 정리해 준 덕분이었다.

상담사는 내 울음이 잦아들길 묵묵히 기다리다가 앞으로 일주일에 한 번씩 상담하러 오라는 처방을 내렸다.

"무료인가요?"

나는 티슈로 콧물을 닦으며 물었다.

"그럼요."

상담사가 고개를 가볍게 끄덕였다. 등록금 낸 보람을 여기서 찾을 줄은 몰랐다.

2

두 번째로 열린 방학 진로 특강을 듣다가 자리에서 일어났다. 옆에 앉은 사람이 강의실 뒷문으로 향하는 나를 힐끔거렸지만 아무도 뭐라 하지 않았다. 내 발소리는 활기찬 강사의 목소리와 사방에서 들려오는 키보드 소리로 지워졌다. 나는 강의실 문손잡이를 잡고 천천히 돌린 뒤 문을 밀어 복도로 나갔다. 강의는 나 하나의 일탈쯤은 개의치 않고 매끄럽게 흘러갔다.

문이 닫히자마자 복도 벽에 등을 기대고 섰다. 수업 중에 나가는 것, 고등학생 때는 누리지 못했던 자유였다. 하지만 기분이 좋진 않았다. 이렇게 찝찝한 자유라니. 누릴수록 손해를 보는 듯한 자유라면 차라리 없는 게 나았다. 몸은 강의실에 둔 채 생각만 나가 버리면 되니까. 머릿속으로 현실 아닌 것, 현실 바깥의 것, 이를테면 지난밤 꿈을 되살려 보거나, 혹시 지금 여기도 꿈속은 아닐까 하는 상상을 하며 강의가 끝나기만을 기다리면 됐다. 굳이 자리에서 일어나는 수고를 할 필요가 없었다. 부스러기처럼 몸에 덕지덕지 달라붙는 자유가 거추장스럽기만 했다. 게다가 균형이라도 맞추려는 것처럼 한쪽에서 커지는 자유의 양만큼 반대편엔 다른 뭔가가 실리고 있었다. 대체 뭐지? 막연한 그것은 막연한 채로도 나날이 몸집을 불려 갔다. 강의실에 앉은 다른 사람들도 그 무게를 느끼는 건 마찬가지일 것이다. 그 무게를 덜어 보고자 다들 그렇게 열심히 진로 특강을 듣는 것일 테지.

글로벌 미래 교육 전문가라고 자신을 소개한 강사는 비전과 첨단이라는 단어를 동원해서, 마음만 초조해지는 잡다한 정보들을 잔뜩 늘어놓았다. 강사가 말하는 새로운 인재상이 되려면 몸에 만능칩이라도 심어야 할 것 같았다. 하지만 강의가 이어질수록 몸속엔 칩 대신 돌덩이만 쌓였다. 남들과 차별성이 있어야 한다고 했지만 실상 강의에는 누구나 비슷한 삶을 원한다는 전제가 깔려 있었다. 강사가 마치 일반성과 보편성을 신봉하는 전도사처럼 보였다고 하면 내가 너무 오버하는 걸까. 오버면 어때. 자신을 하나의 브랜드라고 상정하고 커리어 플래너를 작성해 보라는 강사의 말에 나는 돌 하나를 더 얹는 대신 탑을 무너뜨려 버리기로 했다. 강사의 목적이 학생들을 다급하게 만들어 행동하게 만드는 것이었다면 나는 칭찬을 들어야 마땅했다. 누구보다 먼저 강의실 밖으로 움직인 학생이었으니까.

아무래도 준비되지 않은 자에게 주어진 자유는 부작용을 불러일으키는 것 같다. 머릿속에 논리라고는 없는 생각만 들어찼다. 강의 중간에 나온 게 벌써 후회됐다. 나만큼 진로 컨설팅이 필요한 학생이 어디 있다고. 눈가리개를 한 경주마처럼 달리다가 눈가리개를 떼고 나니 여기가 어디지, 하며 어안이 벙벙한 채로 서 있는 것이 지금 내 상태니 말이다. 엄밀히 말하면 지금 내 문제는 앞으로 어떻게 나아가느냐가 아니라 지금 여기에서 나아가도 되는지에 있었다. 어쩌면 뒤로 돌아가야 할지도 몰랐다.

내 진로엔 엄마라는 무게까지 실려 있었다.

"너 졸업만 하면 이 고생이 끝나려나."

엄마는 탁구공처럼 가볍게 던졌겠지만 내게는 볼링공처럼 묵직하게 굴러오는 말이었다. 제대로 받지 못했다간 어디 한 군데 부러질지도 모른다는 두려움을 안고 받아 내야 하는. 나는 내 기대에만 부응하며 살 수 없었다. 엄마의 기대에도 부응해야 했다. 내게는 엄마의 헌신과 고생을 모른 척할 배짱이 없었다. 미래에 대한 계획을 펼칠 때마다 엄마라는 강력한 중력의 힘을 느꼈다. 엄마가 고된 노동에서 벗어나지 않는 이상 중력의 세기를 줄일 방법이 없었다.

편안한 엄마의 삶, 생각만 해도 몸이 가벼워지는 기분이었다. 그러니 엄마, 내 앞날 걱정하지 말고 엄마 앞날부터 어떻게 좀 해 줘. 이 말은 엄마에게 닿지 못하고 입안에서만 맴돌았다.

등으로 시멘트 벽의 냉기가 파고들었다. 콧속으론 가볍고 신선한 공기가 들어왔다. 강의실 안 무겁고 탁한 공기를 견뎌 내고 있는 저들을 속물이라고 비하하고 싶은 마음이 들었다. 사회와 조직의 선택을 받으려고 자기 안의 생명력과 개성을 죽이고 있는 거라고 폄하하고 싶었다. 그래, 내가 봐도 너무 지질한 충동이다. 실은 내가 저들의 성실함과 순응력에 질투를 느끼는 건지도 몰랐다. 솔직히 부러웠다. 저들은 뭐라도 될 것 같았다. 강사가 안내한 대로 착실히 자기를 계발하고, 점수를 만들고, 서류를 준비해서 뭐라도 해낼 것 같았다.

나 역시 고등학교를 졸업하기 전까지는 주위에서 시키는 대로, 옳고 안전하다고 정해 주는 대로 살았다. 나름 착실하고 건전한 학생이었다. 그런데 갑자기 이런 식의 반항이라니. 은호, 너 정신 안 차릴래? 나 자신을 이렇게 다그쳐도 봤다. 나도 내가 낯설었다.

모르겠다. 세상이 바쁘게 몰아붙이는 대로, 익숙하고 무난한 방식으로 살았을 때 이르게 될 뻔한 삶이 아닌 다른 삶을 살고 싶다는 욕구가 어쩌다 생겨났는지는. 쓸데없이 책만 많이 읽은 나는 회사에 기생하는 일이 아닌 더 의미 있는 일이, 자본가가 떨구는 콩고물을 받아먹는 삶이 아닌 더 의미 있는 삶이, 말하자면 일과 삶을 일치시킬 수 있는 뭔가를 찾고 싶다는 환상까지 품고 있었다.

문제는, 그 욕구와 환상을 실현할 과감함과 결단력이 내게 없다는 거였다. 내 속의 반항심과 소심함은 너무나 사이좋게 손잡고 있었다.

정경대 건물을 빠져나오자 햇빛이 양동이로 들이붓듯 쏟아져 눈앞을 가로막았다. 얼굴을 찡그리며 이과 대학 뒤편으로 향했다. 벤치 두 개와 푸른 잎사귀를 가득 매단 벚나무 세 그루가 조용히 그늘에 잠겨 있었다. 혼자 있고 싶을 때마다 찾는 곳이었다. 볕이 거의 들지 않는 이곳에서는 아는 사람을 만날까 봐 걱정할 필요가 없었다. 내가 아는 사람 중 이과

생은 없었다. 본래 사람이 별로 드나들지 않는 곳이기도 했다. 건물 뒤편으로는 산이 있고 길이 막혀 있어 이따금 흡연자들만 어슬렁거렸다.

산 너머로 높이 솟은 석조 건물이 보였다. 스테인드글라스 창문이 달린 화강암 건물이 햇빛을 받아 하얗게 빛나고 있었다. 입학하고 가장 먼저 한 일은 학교를 대표하는 저 고딕 양식의 건물을 배경으로 셀카를 찍어 메신저 프로필에 올리는 거였다. 사진 속 나는 고3 생활을 보내느라 누렇게 뜬 얼굴로 천진하게 웃고 있었다. 하지만 그 웃음은 오래가지 못했다. 이상과 현실 사이를 고뇌하는 대학생의 얼굴이 되었기 때문은 아니었다. 고뇌라 부를 수도 없는, 짜증과 불안, 막막함 같은 것들이 얼굴에 투명한 퇴적층을 이루며 쌓였다고 하는 게 맞을 것이다. 저 화려하고 웅장한 석조 건물도 더는 아무런 심상을 일으키지 못했다. 수없이 많은 창문으로 시시각각 번쩍이는 빛을 내쏘는 건물의 유지비에 내 등록금이 일조하는 바가 떠오를 뿐이었다. 벤치에 앉으니 스테인드글라스에서 반사된 햇빛이 눈을 쏘았다. 눈이 부셨지만 자리를 옮기는 대신 눈을 감았다. 색색의 빛들이 눈꺼풀 속에서 망울져 떠다녔다.

3

주민 등록상 나와 엄마의 나이 차이는 열여덟 살이다. 중학생 때 방바닥에 떨어져 있던 엄마의 주민 등록증을 줍다가 엄마의 나이가 그동안 알던 것보다 한 살 적다는 사실을 발견했다. 주민 등록증에 적힌 연도에 엄마가 태어났다면 엄마는 나를 스무 살이 아니라 고3 때 낳은 거였다. 의아한 표정으로 엄마의 주민 등록증을 들여다보던 내게 엄마가 말했다. 외할아버지가 출생 신고를 하고 온다며 나가서는 동사무소에 들르지 않고 딴 길로 샜었다고. 해가 바뀐 뒤에야 그 사실을 안 외할머니가 뒤늦게 출생 신고를 한 거라고.

내 손에서 주민 등록증을 뺏듯이 가져가는 엄마의 다급한 손짓에, 묻지도 않았는데 늘어놓는 엄마의 장광설에 의심은 더 짙어졌다. 엄마는 미성년인 열아홉에 아이를 낳았다면 부도덕해 보이니까 스무 살에 나를 낳았다고 주장하는 게 아닐까. 외조부모 모두 돌아가셔서 확인할 길이 없었다. 믿음이 가지 않았지만 믿는 척했다. 스무 살이 아니라 열아홉에 나를 낳은 거 아니냐고 따져 물어 봤자 내게 득 될 게 없었다. 내 탄생의 당위성만 약해질 뿐이었다. 태어나면 안 될 때 태어난 것 같다는, 눈치 없이 엄마 배 속에서 몸을 불려 왔다는 생각을 내가 우겨서 할 필요는 없었다. 하지만 의지와 상관없이 의문은 시시때때로 올라왔다. 해를 넘겨 출생 신고가 되었다는 엄마의 말이 사실이라 해도 주민 등록 나이에 맞춰서 학교에 가는 거 아닌가? 실제 나이는 스무 살이라 해도 열아홉 친구들이랑 같이 교복 입고 급식 먹고 했을 텐데? 고등학교 졸업은 어떻게 한 거고? 그러나 따지지 않기로 했다. 따질수록 엄마의 인생이 결정적으로 꼬여 버린 게 나 때문이라는 것이 확실해질 테니까.

스무 살 전까지는 연애하면 안 된다고 엄마는 내게 늘 강조했다. 그랬다가는 인생 조지는 거라고 했다. 어금니를 꼭 깨물, 어딘지 분한 엄마의 표정은 안 그러면 자신처럼 되는 거라는 말을 대신하고 있었다(그러니 스무 살에 나를 낳았다는 엄마의 말이 더욱 믿기 어려웠다). 나는 엄마가 단순히 나를 단속하려고 하는 말이 아니라는 걸 직감했다. 그 말을 할 때 엄마의 눈빛은 자기 속으로 침잠해 들어가고 있었다. 어떤 슬픔을 껴안고 가라앉고 있었다.

엄마 말대로 나는 스무 살 전에는 남자 친구를 사귀지 않았다. 하지만 대학에 입학하고 자취를 하면서부터는 달라졌다. 금기에 묶여 있던 나를 해방하기로 했다. 결혼을 구체적으로

생각할 나이는 아니었지만, 어릴 때부터 나는 결혼은 하지 않
겠다고 다짐해 왔다. 내 경험상 결혼이란 불행의 화수분 같
은 거였다. 결혼하지 않으리라는 다짐 덕분에 오히려 연애
를 더 편하게 시작할 수 있었다. 나처럼 연애에 목마른 청춘
들은 많고 많았다. 연애는 놀라웠다. 나 자신을 이만큼 또렷
하고 짜릿하게 실감할 수 있는 길이 존재하다니. 정신을 차
리기 어려웠다. 연애의 기승전결에 따라 하늘은 핑크빛이었
다가 새파랗게 빛났다가 핏빛으로 물들었다. 곧 연애가 학교
생활을 집어삼켰다. 리포트 제출 기한을 넘기는 건 기본이었
고, 수업에 빠지는 건 일상이었다. 비싼 등록금을 내고 이게
뭐 하는 짓인지 스스로가 한심해질 때가 있었지만, 엄마가 알
면 경악할 게 두려웠지만, 한번 어긋나기 시작한 내 혈기는
좀처럼 제자리로 돌아오지 못한 채 뻗쳐 나갔다.

　일상이 망가질수록, 주변과 단절될수록 열정의 크기가 증
명되었다. 감정은 빠르게 달아오른 만큼 빠르게 식었다. 세
상에 읽고 싶은 책이 많은 것처럼 읽고 싶은 사람도 많았다.
다 읽었으면 다른 책도 읽어야지. 그러나 다른 상대로 넘어
가는 일은 도서관에 책을 반납하고 다른 책을 대출하는 것처
럼 간단하지 않았다. 그들은 울며불며 매달렸고, 나는 어머,
애가 나를 이렇게 좋아했었나, 사뭇 감동하며 이별을 유예하

곤 했다. 돌이켜 보면 나는 헤어지자는 말에 상대가 보이는 반응을 즐겼던 것 같다. "너 없으면 안 돼." "네가 필요해." 그런 말을 들을 수 있는 방법은 이별을 선언하는 것밖에 없었다. 나는 그들의 절망하는 얼굴을 보면서 나도 다른 사람에게 이만큼 절망을 줄 수 있다는 자부심과 동시에 그 절망에서 구해 낼 수 있는 사람은 나밖에 없다는 우월감 같은 것을 느꼈다. 물론 얌전히 눈물로 호소하는 사람만 있는 건 아니었다. 욕을 하거나 주먹으로 벽을 치는 등 다소 폭력성을 드러내는 경우도 있었다. 그렇게 반응이 강할수록 가슴이 아팠고 쾌감은 커졌다. 아주 담담하게 "그래, 알았어"라고 해서 '뭐야, 시시하네' 했다가 며칠 지나 엉망이 된 상태로 절절한 모습을 보이는 경우가 가장 깊은 인상을 남겼다.

그러다 서울 내 자취방에 엄마가 들이닥치던 날부터 나의 활발한 연애 활동은 주춤해졌다. 읽던 소설책을 덮고 스탠드를 끈 뒤 침대에 누웠을 때 엄마에게서 전화가 왔다. 지금 서울역에 도착했다는, 자지 말고 기다리라는 전화였다. 옆에서 자고 있던 준우를 서둘러 깨워 기숙사로 보낸 뒤 바닥에 널린 옷가지와 배달 용기들을 치웠다.

얼마간 시간이 흐르고 엄마가 도착했다. 커다란 보스턴백 하나를 방바닥에 내려놓으며 엄마가 내뱉은 첫마디는 네 아빠랑 갈라섰다는 말이었다. 엄마의 갑작스러운 상경에 비하면 이혼이 놀랄 일은 아니었다. 일어날 일이 일어난 거였다. 그동안 지독히 싸우면서도 이혼하지 않았던 게 미련해 보일 뿐이었다. 이혼, 두 개의 혼. 실제 한자는 다르지만, 그렇게 생각하니 아름다웠다. 결혼으로 묶여 있던 혼이 자유롭게 놓여나는 것만큼 아름다운 일이 있을까. 마음에 걸린 건 아빠라는 말 앞에 붙곤 하는 '네'라는 수식어였다. 엄마는 아빠를 언급할 때마다 네 아빠는, 네 아빠가, 라고 했고 나는 그 말을 들을 때마다 모종의 책임감을 느꼈다.

'내' 아빠는 오래전부터 제대로 된 가정을 유지하지 않기 위한 활동을 활발히 펼쳤다. 트럭을 몰고 지방을 떠돌며 몇 달씩 집에 들어오지 않았고, 틈틈이 여자들을 만나고 다녔다. 어디 가서 콱 뒈져나 버리지, 잊을 만하면 기어들어 온다고, 엄마는 아빠가 나가는 것보다 돌아오는 것에 더 분노했다. 그럼 받아 주지나 말지. 무릎 꿇고 들어오는 아빠를 엄마는 매번 받아 줬고, 그럼 아빠는 다시 집을 나가길 반복했다. 나와 동생은 그들이 연출하는 드라마를 재방송처럼 시청했다.

그러던 아빠가 최근 몇 년 전부턴 집을 나가지 않기 시작했다. 떠도는 생활이 힘에 부친 건지 남자로서의 매력이 바닥난 건지는 모르겠다. 이젠 엄마가 아빠의 정착을 견디지 못한 걸까.

"진작 좀 하지. 왜 지금껏 이혼 안 했어?"

"나도 수백 번 안 살려고 했지. 그런데 그럴 때마다 네 아빠가 얼마나 싹싹 빌었니. 몸이 안 좋다, 너 없이는 못 산다, 나한테는 너밖에 없다, 살길이 막막하다, 어쩌고 하면서 끈질기게 매달렸잖아."

순간 섬뜩한 느낌이 몸을 감쌌다. 어디서 많이 들어 본 말이었다. 헤어지지 말자며 매달리는 모습에 기대어 살아온 엄마의 습성이 혹시 내게 이어진 걸까. 내 습성도 훗날 엄마와 아빠 같은 드라마를 낳게 될까. 머리가 아찔해졌다. 뒤늦게 현호 생각이 떠올랐다.

"참. 현호는 어떡하고?"

고등학교 2학년인 현호는 서울로 같이 올라가자는 엄마의 말에 고개를 저었다고 했다. 고등학교는 호산시에서 졸업하겠다는 거였다. 현호가 아빠와 둘이 살 수 있을까. 걱정되긴 했지만, 지금은 다른 수가 없었다. 현호가 서울로 올라온다고 해도 문제였다. 조금만 더 참고 버텨 주길 바라는 수밖에 없었다.

내 자취방은 학교 책상만 한 싱크대와 샤워를 하면 변기까지 젖어 버리는 작은 화장실이 딸려 있어서, 말이 자취방이지 크기로 봐서는 고시원과 다름없었다. 그래도 내겐 해방의 공간이었다. 살림을 혼자 알아서 해야 하고 생활비를 천 원 단위로 쪼개 써야 했지만 집을 떠났다는 홀가분함이 모든 불편을 상쇄했다. 나는 이곳에서만큼은 K장녀가 아니었다. 부모의 문제를 자신 일처럼 생각하는 큰딸, 동생의 비상용 엄마 역할을 하는 누나가 아닌, 그냥 나 김은호로 있을 수 있었다. 그런데 엄마가 서울에 왔다는 건 내 해방의 시간이 막을 내렸다는 의미였다. 다시 엄마의 큰딸이자 대리 남편이 되어야 한다는 의미였다. 아내 역할에서 벗어난 엄마는 홀가분해 보이는 반면, 내 홀가분함은 온데간데없이 사라졌다. 그 아쉬움을 엄마에게 드러내지 않으려면 의식적인 노력을 기울여야 했다.

"근데 방 꼴이 이게 뭐니?"

엄마가 마땅찮은 시선으로 방을 둘러보며 말했다. 엄마와 다시 함께 살게 되었다는 걸 단박에 실감할 수 있는 말이었다.

"짐이 이게 다야?"

나는 응수하듯 화장실로 들어가는 엄마의 등을 보며 물었다. 미처 준우의 칫솔을 치우지 못했다는 사실이 떠올랐다.

엄마는 대답하지 않았다. 나는 닫히는 화장실 문을 향해 다시 한 번 물었다.

"무슨 짐이 쫓겨난 사람 것 같아?"

옷도 몇 벌 챙겨 오지 않은 듯했다. 내 옷을 같이 입을 생각인가? 생각할수록 뭔가 시원치 않았다. 원래 사이가 안 좋은 부부이긴 했지만 그래도 이혼의 계기는 있을 것 같았다.

나중에 현호에게 전화를 걸어 물어봤다.

"몰라. 그냥 누나 서울 가고 엄마가 좀 이상해졌어. 계속 마음이 허전하다고 그러더라고. 남편 없이는 살겠는데, 딸 없이는 못 살겠다고 중얼거리면서."

정말 모르겠다는 말투였다.

"아냐, 네가 잘못 들었을 거야."

그냥 덮어 둘 걸 괜히 전화해서 캐물었다는 생각이 들었다.

4

에스프레소 머신 주변이 엉망이었다. 스팀 봉에는 우유 거품이 하얗게 말라붙어 있었고 머신 아래에는 커피 가루가 잔뜩 흩어져 있었다. 텅 빈 원두 그라인더와 바닥을 보이는 빨대 통과 시럽 병도 눈에 들어왔다. 전 타임 알바가 내게 할 일을 잔뜩 안겨 주고 갔다. 행주로 구석구석을 닦고 바를 정리하고 비품을 채워 넣는 중간중간 손님이 들어오면 주문을 받고 원두를 갈아 커피를 내렸다. 사장은 어디 갔는지 보이지 않았고 일이 사방에서 밀려들었다. 하지만 바쁠수록 좋았다. 일의 리듬에 몸을 맡길수록 복잡한 머리가 비워졌다. 오히려 기운이 솟기도 했다. 몸이 찌뿌드드해서 알바만 아니면 집에 가서 잠이나 잘 텐데 투덜거리며 카페에 들어섰는데, 막상 일을 손에 붙이자 몸에 활력이 돌았다. 몸이란 신기했다. 기운이 없다가도 억지로라도 움직이면 움직임 자체가 동력을 공급하는 것처럼 힘이 났다.

"바쁘지? 좀 도와줄까?"

테이블에 앉아서 공부하던 준우가 카운터로 다가왔다.

"말 걸지 않는 게 도와주는 거야."

"좀 대충해. 너 믿고 그렇게 놔두고 가는 거 아냐."

내가 알바를 하는 동안 준우는 카페에서 공부를 했다. 공부도 하고 커피도 마시고 내 얼굴도 볼 수 있으니 일석삼조라고 했지만, 그에게 다른 꿍꿍이가 있다는 것을 안다. 내 근처에 다른 남자가 얼씬거리지 못하도록 하기 위해서라는 것을. 손님이 내 휴대 전화 번호를 물었다는 얘기를 들은 후로 준우는 아예 나랑 같이 카페로 출퇴근했다. 어쩌다 한 번 일어난 일이었는데 마치 수시로 일어나는 일처럼 약간 과장해서 말했더니 저렇게 오버였다.

이곳에서 한 시간을 일하면 아메리카노 한 잔과 조각 케이크 하나를 살 수 있는 돈을 번다. 엄마는 서울에 올라오자마자 고깃집에서 일을 시작했는데 한 시간에 갈비탕 한 그릇을 살 수 있는 돈을 번다. 엄마의 근무 시간은 아침 10시부터 밤 10시까지였다. 엄마는 집에 오자마자 열두 시간 동안 옷에 밴 고기 냄새를 빼려고 세탁기에 섬유 유연제를 쏟아부었다. 씻고 나서는 어깨에 붙인 파스를 새것으로 갈며 그날 마주한 사람들의 험담을 늘어놓았다.

"맨날 남자들이랑 어울리면서 고기 얻어먹고 술 얻어먹고 다니는 년들이 수두룩하더라. 얘기하는 거 들어 보면 더 가관이야. 자기 힘으로 일할 생각은 안 하고 그저 남자 하나 잡아서 돈 뜯어내려는 걸 보면 세상 한심해, 세상."

엄마는 입이 거칠었다. 엄마 얼굴만 보고 접근해 온 남자들도 엄마의 거친 말을 들으면 물러났다. 남의 흠을 들추면 무언가 해소된다는 것을, 상대적으로 나는 괜찮게 살고 있다는 느낌을 얻는다는 것을 알고 있는 나는 적당히 대꾸해 가며 엄마의 험담을 들어 주는 편이었다.

엄마의 이야기를 듣고 있으면 막장 드라마를 보는 것 같았다. 그중 가장 기가 막힌 사건은 이거였다. 엄마가 일하는 곳은 부부가 운영하는 식당이었는데, 어느 날 한 여자가 식당에 찾아오더니 사모의 머리채를 잡았다고 한다.

"내연녀가 어찌나 드센지 머리채 잡힌 사모는 쩔쩔매기만 하고, 사장은 말리는 시늉만 하더니 꽁무니를 빼 버리는 거야. 굴러온 돌이 박힌 돌 뺀다고, 결국 내연녀가 사모를 내쫓고 카운터를 도맡더라. 어이가 없어서."

엄마는 사장이고 내연녀고 서류 정리도 안 하고 짐승처럼 붙어먹는 더러운 것들이라며 혀를 찼다. 그러면서도 은근히 여자 쪽 욕을 더 많이 했다. 셋이나 되는 자기 친자식은 버리고 그 집에서 남의 새끼를 키우는 걸 보면 미쳐도 그런 미친 년이 없단다. 남자 사장 돈을 보고 들어앉은 모양인데, 다른 사람 가슴에 못을 박았으니 팔자가 피기는커녕 언젠간 벌을 받을 거라는 예언까지 했다. 나는 언제 그런 호구 조사까지 했는지 엄마의 능력이(혹은 상상력이) 놀라울 따름이었다.

"서울에 넋 빠진 연놈들이 왜 이렇게 많으냐?"

"인구가 많잖아, 인구가."

나는 이렇게 대답하면서도 그런 사람들이 영리하긴 하다고 생각했다. 엄마는 자신의 억척스러움을 자랑스럽게 여기는 걸까. 종일 음식을 나르면서 본인도 다른 사람들처럼 편하게 앉아서 먹고 마시고 싶다는 생각은 들지 않는 건가. 엄마는 어쩌자고 저렇게 대책 없이 일만 할까. 내가 이해할 수 없는 건 엄마였다.

"뜨거운 아메리카노 샷 추가해서 한 잔이요."

노트북 가방을 쥔 학생이 주문하는 소리에 다시 정신을 차렸다. 생각을 멈추고 주문을 받은 뒤 커피를 내렸다. 내 또래 여자로 보이는 학생은 커피를 받아 들고 테이블로 가서 노트북과 책 몇 권을 꺼내 놓았다. 잠시 뒤 귀를 간지럽히는 토독토독 소리가 들려왔다. 나는 마른 수건으로 머그잔의 물기를 닦던 손을 멈추고, 집중해서 자판을 두드리는 학생의 손을 바라보았다.

잠시 뒤 카페 사장이 검은색 짧은 바지 차림으로 가게 문을 열고 들어왔다.

"은호 씨, 나 늦었지. 미안."

사장은 날씨와 상관없이 언제나 늘씬한 다리가 부각되는 짧은 옷을 입었다.

"은호 씨 타임 때가 제일 마음에 든다니까."

가게를 둘러보는 사장의 얼굴이 퉁퉁 붓고 울긋불긋하게

번들거리는 걸 보니 피부과에 다녀온 모양이었다. 사장은 주기적으로 레이저와 마사지를 받았는데 효과가 있는지 나로서는 알 수 없었다. 사장이 준우를 발견하고는 맞은편에 앉아 커피를 부탁했다.

"커피도 은호 씨가 내려 주는 게 제일 맛있어. 준우 씨, 은호 씨 같은 사람 놓치면 안 되는 거 알지?"

"네, 그럼요. 안 놓칠 거예요."

"어우, 다정해. 준우 씨 보면 꼭 내 애인 보는 거 같다니까."

이 카페는 사장의 애인이 차려 준 거라고 했다. 사장의 애인은 타이어가 두툼한 검은색 세단을 끌고 가끔 가게에 들렀는데, 사장보다 열 살쯤 많아 보였다. 끊임없이 재잘거리는 사장의 이야기에 묵묵히 귀를 내어 줄 뿐 말이 없고, 움직임이 굼떠서 약간 어리숙해 보이는 사람이었다. 그런 애인과 준우가 비슷하다니. 순간 욱하면서도 사장과 손뼉을 마주치며 웃는 준우를 보자 사장 말이 틀릴 것도 없단 생각이 들었다.

준우의 우려와 달리, 카페에는 여자 손님과 커플이 압도적으로 많았다. 카페 알바를 하면서 나는 많은 사람들이 일없이 문화 센터와 맛집과 카페를 전전하는 일상을 살고 있다는 걸 알게 됐다. 철마다 꽃놀이와 단풍놀이를 하러 가고, 몇 년에 한 번씩은 해외여행을 가는 삶도 흔하다는 걸 알게 됐다. 나는 우리 엄마가 카페에 앉아 있는 모습을 본 적이 없다. 카페뿐일까. 엄마가 문화 센터에 다니는 모습은 상상할 수도 없다. 아마 엄마는 꽃이 피고 지는지도 모를 것이다. 당연히 비행기는 한 번도 못 타 봤다. 여가라고는 드라마 시청과 휴대 전화 게임밖에 모른다. 그저 일만 하고 돈만 벌며 산다.

5

내 인생 최초의 기억 속에서도 엄마는 일하고 있었다. 나뭇가지 사이로 빗금을 그으며 쏟아지는 햇빛, 공기에 떠도는 달큰한 과일 향, 농장 모자를 쓴 엄마의 턱에 맺혔다 떨어지는 땀방울, 종이봉투가 바스락거리는 소리와 쿵 하는 둔탁한 소리로 이어지는 기억이었다.

기억 속 나는 과수원 바닥에 펼쳐 놓은 돗자리에 앉아 나뭇가지로 흙을 파헤치며 놀고 있다. 고개를 들면 봉투가 담긴 주머니를 허리춤에 차고 복숭아나무에 받쳐 놓은 사다리를 오르는 엄마가 보인다. 엄마 손이 움직일 때마다 연두색 열매는 노란 봉투 옷을 입는다. 엄마가 사다리를 한 칸 더 오르고 나는 아슬아슬한 마음으로 그 모습을 지켜본다. 기억은 엄마가 나무 꼭대기에 열린 복숭아를 향해 손을 뻗으면서 멈춘다. 이어지는 것은 까만 배경이고 나오는 건 음성뿐이다. 쿵 하는 소리와 비명, 빨리 구급차 불러요. 애 뱄는데, 큰일 났네, 하는 아주머니들의 다급한 목소리.

엄마는 기미도 없이 뚝뚝 돈과 소식을 끊는 남편만 바라보며 굶고 있을 수는 없었다고 했다. 마침 집 근처에 있는 과수원에서 일손이 부족하다며 엄마에게 아이를 데리고 와서 쉬엄쉬엄 봉투를 싸라고 했단다. 일당은 남들만큼 챙겨 준다고. 임신 중이긴 해도 가진 건 젊은 몸밖에 없는 현실과 매일 반찬 걱정해야 하는 형편이 엄마를 밭으로 나서게 했을 것이다. 엄마는 손이 빨라 다른 사람이 백 장 싸는 동안 이백 장을 쌌다고 과거의 명성을 자랑하면서도 사고 이후로는 과수원 일을 하지 않았다. 그때 엄마 배 속에 있던 동생이 공부를 못하는 이유를 엄마는 늘 그 사고에서 찾았다. 태아 때 받은 충격이 머리에 영향을 준 것 같다는 거였다. 나는 태어나기도 전에 면죄부를 얻은 동생이 부러웠다. 엄마는 내가 열 문제 중 두 개만 틀려도 왜 두 개를 틀렸냐며 나무랐지만, 남동생은 열 개 중 네 개를 틀려도 여섯 개 맞은 것을 대견해했다. 내가 백 점을 맞는다고 해서 칭찬을 들을 수 있는 건 아니었다.

그건 당연한 거였다. 얼마나 공부를 잘해야 엄마를 만족시킬 수 있을지 알 수 없었다.

없는 살림에도 엄마는 책만큼은 많이 사 줬다. 나는 세계 명작을 읽고는 사람이 무엇으로 사는지 알게 됐다고 떠들었고, 과학 학습 만화를 읽고는 천둥 칠 때 빛이 먼저 번쩍이고 소리가 나중에 들리는 이유를 설명했다. 내가 책 얘기를 할 때만큼은 엄마 얼굴에 흡족한 빛이 스쳐 지나갔다. 나는 허기진 사람처럼 그 빛을 삼켰다. 짧게 빛나고 사라지는 그 빛은 쬘수록 갈급이 났다. 나는 더 열심히 책을 읽었다. 엄마는 틈날 때마다 빠르고 바지런한 손을 놀려 라탄 바구니를 짜고 코바늘로 수세미와 파우치를 떴다. 책 한 권을 사려면 라탄 바구니 몇 개가 필요한지, 수세미가 몇 장 모여야 하는지 나는 속으로 헤아려 알고 있었다. 나의 독서는 쉬지 않고 일하는 엄마의 손을 향한 위로였다.

엄마는 새벽 시간을 이용해 우유 배달도 했다. 그 시절의 기억은 좀 더 또렷하다. 창밖이 환해지기도 전에 엄마의 부스럭거리는 소리에 잠을 깨곤 했다. 엄마는 좀 더 자라며 내 등을 두드렸다.

"저기 밥 차려 놨으니 이따 동생 깨워서 먹여."

엄마가 현관문을 열고 밖으로 나가는 소리를 듣고 나면 다시 잠이 왔다. 푸르고 찬 공기를 가로지르는 엄마의 자전거, 힘껏 페달을 밟는 엄마의 단단한 다리, 아침 이슬에 젖는 엄마의 머리칼 같은 것들이 얕은 잠 속에서 꿈인지 상상인지 모르게 펼쳐졌다. 현호를 깨워 아침밥을 먹이고 옷을 입힐 때쯤이면 배달을 마친 엄마가 돌아왔다. 엄마의 양손에는 우유가 하나씩 들려 있었다. 돈도 돈이지만, 너희 우유 실컷 먹이려고 우유 배달을 하는 거라고 엄마는 말했다. 선뜻 이해되지 않았다. 돈이 문제가 아니라면 원래 우유쯤은 실컷 먹을 수 있을 테니 말이다. 그리고 우유 배달의 목적이 다만 자식들에게 우유를 먹이기 위해서였다면 엄마는 무리하게 자전거를 오토바이로 바꾸지 않았을 것이다(오토바이 배달은 같은 시간 동안 더 넓은 구역을 돌 수 있어서 버는 돈이 많았다).

하루는 아침밥을 다 먹고 학교 갈 시간이 되었는데도 엄마가 돌아오지 않았다. 상을 치우고 대문 밖으로 나가 멀리 내다봐도 엄마의 모습은 보이지 않았다. 더 기다리다가는 학교에 지각할 것 같았다. 가방을 챙겨 동생과 집을 나서려던 참에 옆집 할머니가 대문을 벌컥 열고 들어왔다. 허리가 왼쪽으로 조금 굽은 할머니였는데, 어찌할 바를 모르겠다는 듯 두 손바닥을 마주 비비고는 말했다.

"야야, 은호야, 큰일 났다. 너희 엄마 사고 나서, 병원으로 실려 갔어."

그때의 공포는 여전히 생생하다. 죽은 건 아니죠? 라고 할 머니에게 묻고 싶었지만, 말이 나오지 않았다. 엄마가 실려 가는 소리인지 앰뷸런스 소리가 멀리서, 그렇지만 귀를 찢는 듯 들려왔다. 지금도 나는 어두운 밤길을 걷는 것보다 앰뷸 런스 소리를 듣는 게 더 무섭다. 위급하니 비켜 달라는 메시 지를 커다랗게 뿜어내는 소리를 들으면 심장이 빠르게 뛴다. 그 소리는 곧 내가 아는 누군가가 다치거나 잘못되어 실려 가 고 있을지도 모른다는 상상으로 나를 끌고 들어간다.

어떻게 병원으로 갔는지는 모르겠다. 동생 손을 붙잡고 병 실 문 앞에 서서 걸음을 멈춘 기억은 난다. 엄마의 오른쪽 팔 은 흰 붕대로 감겨 있었고 석고 붕대로 감싸인 왼쪽 발목은 기구에 묶인 채 허공에 들려 있었다. 엄마는 우리를 향해 왼 손을 조금 들어 보였다. 왔냐는 인사가 아니라 마치 작별 인 사처럼 보였다. 나는 얼른 엄마 곁으로 바짝 다가섰다. 엄마 의 왼쪽 뺨에는 커다란 반창고가 붙어 있었다.

보험 회사 직원이 병실로 찾아온 후에야 어쩌다 그런 사고 가 일어났는지 알 수 있었다. 엄마는 농로에서 마주 달려오 는 트럭을 피하려다가 오토바이와 함께 논바닥으로 굴러떨 어진 거였다. 하지만 엄마가 겁을 먹은 바람에 일어난 사고

여서 트럭 측 과실은 없다고 했다. 우유 배달원은 우유 보급소의 근로자로 볼 수 없어 산재 적용이 어렵다는 얘기도 나왔다. 엄마 뺨에 붙은 반창고가 축축하게 젖는 게 보였다. 그때 깨달았다. 삶은 공평하지 않다는 것을. 성실하게 열심히 살아서는 앞으로 나아가지 못한다는 것을. 제자리걸음에서 그치는 게 아니라 때론 후퇴하기도 한다는 것을. 한차례 내린 비에 쑥 자라는 풀처럼 나는 한순간에 철들고 있었다. 이런 식으로 철드는 거란 말이지? 두고 보자고 각오했다. 누구에게? 그걸 알 수 없어서 각오는 더 단단해졌다(하지만 내가 철이 들었다는 사실을 눈치챈 사람은 없는 것 같았다).

엄마가 입원해 있는 동안 옆집 할머니가 우리 집에 드나들며 밥을 챙겨 주었다. 대충 방도 치워 주고, 건조대에 잘 털어 널라며 세탁기도 돌려 주었는데, 그럴 때마다 할머니는 우리를 향해 "에그 불쌍한 것들, 쯧쯧" 하며 혀를 찼다. 나는 눈만 깜빡거려도 불쌍한 아이의 이미지에 일조할까 봐 할머니가 와 있으면 두 눈을 부릅뜨고 서 있었다. 우리를 불쌍해하는 할머니의 시선을 보면 감사함이 그나마 감당할 수 있는 수준으로 잦아들었다. 덜 감사하게 덜 미안하게 만들려는 할머니의 속 깊은 지혜였는지도 몰랐다. 동네 사람들은 엄마의 사고 소식을 듣고 무슨 여자가 그렇게 억척인지 모른다고 수군거렸다. 그렇게 드세니 남편이 도망간 거라고 했다. 나는 인과 관계가 바뀌었다고 생각했다. 남편이 도망가서 드세진 게 아닐지.

다행히 엄마는 회복이 빨랐다. 젊었기 때문일 것이다. 하지만 시간이 지나도 왼쪽 뺨에 남은 흉터는 완전히 사라지지 않았다. 목이 긴 백조가 뺨에 기대 있는 듯한 모습으로 남은 흉터는 밝은 곳에서는 잘 보이지 않았지만, 조명이 어두워지면 각도에 따라 하얗게 빛났다. 흠으로 완성되는 아름다움이란 이런 것일까. 그 흉터는 엄마의 얼굴에 시선을 더 오래 머물게 했다.

그때의 엄마가 지금의 나처럼 이십 대라는 생각을 하면 가슴이 먹먹해진다. 무르고 허약한 내 청춘에 비하면 엄마의 청춘은 돌처럼 단단했다. 지금 나는 이렇게 무력하고 무능한데 엄마는 그 나이에 어떻게 그러고 살았을까. 그러니까 이런 감상에 빠져드는 것이다. 우리 엄마, 참 대단하고 안쓰럽다는 감상. 엄마는 정말이지 내 마음의 아킬레스건이었다.

2장

살고 싶다면

1

윤지 선배가 철학 동아리 방문을 열고 들어왔다. 둘둘 말린 동아리 홍보 포스터를 쥐고서 어디를 얼마나 돌아다녔는지 얼굴이 빨갛게 상기되어 있었다. 선배는 동아리방에 앉아 있는 나를 보고 말했다.

"너 또 여기 와 있냐? 이럴 거면 우리 동아리 가입을 하라니까."

"그랬다가 맨날 선배한테 온 사방으로 끌려다니게요?"

"얘가 뭘 모르네. 철학은 머리로 하는 게 아니야. 입으로 하는 것도 아니고. 바로 이 두 발로 하는 거지."

선배가 낡은 초록색 스니커즈를 신은 두 발로 제자리걸음을 쿵쿵 걸어 보였다.

윤지 선배는 나와 같은 행정학과인데 나처럼 번지수를 잘못 짚었는지 학과 공부는 내팽개치고 철학 동아리 활동에만 열심이었다. 인사 행정론 기말시험 시간에 봤던 윤지 선배의 모습을 잊을 수 없다. 기말시험 문제는 지식 경제 시대에 걸맞은 인재 선발 방식에 대해 논하라는 거였다. 논하라고는 했지만, 정답은 정해져 있었다. 교수님은 인재 선발 방식에 있어서 그물형, 낚시형, 작살형의 차이점을 무척 강조했었다. 일시에 대량 채용하는 그물형의 한계를 서술하고 필요한 인력을 선별적으로 채용하는 낚시형의 장점을 강조한 뒤 대학에 오기 이전에 능력을 보이는 학생들을 미리 작살로 찍듯 선확보하는 작살형의 효율성까지 언급하면 모범 답안이 될 것이었다. 시험지를 채우는 사각사각 소리만이 강의실에 흘렀다. 답은 뻔했기 때문에 글발을 세워 얼마나 그럴듯하게 쓰느냐가 관건이었다. 조교는 형식적으로 강의실 앞을 지키고 있었다.

왼쪽 대각선 앞에 앉은 윤지 선배도 빼곡하게 시험지를 채우고 있었다. 그런데 언뜻 보이는 시험지가 좀 이상했다. 시험지를 채우고 있는 게 글이 아닌 그림이었다. 펜을 꼭 쥐고 뭔가를 자세히 그려 넣고 있었다. 시간이 흘러 학생들이 시험지를 제출하고 강의실을 나서기 시작했다. 나는 답안을 완성했지만, 윤지 선배의 시험지가 궁금해서 선배가 제출하기 전까지 자리에 앉아 기다렸다. 드디어 윤지 선배도 펜을 내려놓고, 자리에서 일어났다. 나도 얼른 뒤따라 일어났다.

조교 앞에 놓인 윤지 선배의 시험지를 보자 입이 벌어졌다. 윤지 선배의 시험지에는 바다에 빠진 사람들이 잔뜩 그려져 있었다. 그물에 갇힌 사람들, 낚싯바늘에 입이 꿰인 사람들, 작살에 찍힌 사람들, 아무것에도 걸리지 못한 채 물에 잠긴 사람들. 처한 상태는 모두 달랐지만, 모두 질식 직전의 고통스러운 표정을 짓고 있다는 점에서는 같았다. 바다 위엔 커다란 배가 떠 있었다. 배 위에서 바다를 향해 그물과 낚시와 작살을 던지는 사람들의 얼굴에는 즐거움도 괴로움도 없는 무표정이 떠올라 있었다.

내가 시험지를 제출하지 않고 가만히 서 있자 조교 역시 휴대 전화에서 눈을 떼고 윤지 선배 시험지를 바라봤다.

"뭐냐."

조교가 중얼거리며 윤지 선배를 눈으로 좇았다. 윤지 선배는 이미 강의실을 떠난 뒤였다.

그림은 그게 다가 아니었다. 윤지 선배는 마치 액자처럼 그림에 테두리를 그어 놓았다. 그리고 그 틀의 바깥에 바다를 바라보고 서 있는 한 사람의 뒷모습을 그려 놓았다. 내가 보기에 핵심은 거기 있었다. 이 그림은 그물, 낚시, 작살이 문제가 아니라고, 애초에 사람들을 바다에 빠뜨려 놓은 게 문제라고 말하고 있었다.

"선배가 동아리 활동만큼 학과 공부를 한다면 전액 장학금 받을 텐데."

나는 책장에서 책을 꺼내는 윤지 선배에게 말했다.

"아니야, 아니야. 내가 여태 이 동아리로 널 끌어들이지 못했잖아? 아직 부족해."

윤지 선배는 책을 펼친 뒤 터미널 대합실에서 주워 온 것 같은 기다란 의자 위에 드러누웠다.

"아, 근데 오늘은 너무 많이 철학했나 보다. 다리 아파."

내가 앉아 있는 검은색 인조 가죽 소파 팔걸이엔 노란색 솜이 삐져나와 있었다. 그 밖에도 군데군데 필름이 벗어진 테이블, 잠금장치는 죄다 고장 난 여섯 칸짜리 철제 캐비닛, 정형외과 로고가 박힌 화이트보드, 줄이 끊어진 기타 등 동아리 방에 있는 가구와 물건은 연식과 출처를 알 수 없는 것이 대부분이었다. 언제 마지막으로 청소했는지 알 수 없지만, 다른 곳에선 무쓸모였던 것들이 쓸모로 변하는 이곳에 오면 마

음이 편했다. 줄이 끊어진 기타처럼 실질적 기능을 할 수 없
는 것조차 이곳에선 공간의 운치를 더해 주는 역할을 했으니
까. 들춰 볼 때마다 밑줄 긋고 싶은 문장이 튀어나오는 철학
책들이 잔뜩 있는 것도 좋았다. 하지만 뭐니 뭐니 해도 이곳
을 찾는 가장 큰 이유는 윤지 선배였다. 현실과 기꺼이 불화
하기로 마음먹은 것 같은, 그러면서도 불안해하지 않고 담담
한 선배의 모습을 보면 속에서 선망 비슷한 감정이 올라왔다.

"갑자기 살고 싶다는 생각이 들었어요."

그래서일까. 자칫 관종 취급을 당할 수 있는 말도 윤지 선
배에게는 할 수 있었다.

"이건 또 무슨 해괴한 소리야?"

"저도 잘 모르겠어요. 이런 생각은 처음이에요."

윤지 선배에게 횡단보도 앞에서 있었던 일을 얘기하기 시
작했다. 학교 앞 사거리는 언제나처럼 붐볐다. 차와 사람들
이 한 무더기로 모였다가 각자의 신호에 맞춰 차례차례 저편
으로 건너갔다. 인파에 뒤섞여 보행 신호를 기다리며 횡단
보도 앞에 서 있는데, 문득 살고 싶다는 생각이 들었다. 시한
부 선고를 받은 것도 아닌데 살고 싶다니. 마치 지금까지는
산 게 아니었던 것처럼 살고 싶다니. 지금까지도 살았고 앞
으로도 살 텐데 살고 싶다니. 이해되지 않는 욕구였지만, 갈

증처럼 생생하고 구체적인 욕구였다. 보행 신호가 들어왔지만 길을 건너지 않고 가만히 서 있었다. 이 감각을 더 느끼고 싶었다. 그러자 문득 풍경이 새롭게 보였다. 마치 시력이 좋아진 것처럼 눈앞이 선명해지는 기분이었다. 길가의 전신주처럼, 거기에 있다는 사실이 너무나 당연해서 의식조차 하지 않았던 것들이 보이기 시작했다. 전신주로부터 길게 뻗어 나온 그림자가 내 발등 위를 지나 횡단보도 끄트머리에 닿은 게 보였고, 어떤 돌발 상황의 흔적인지 아스팔트 위에 길게 남은 검은 타이어 자국이 눈에 들어왔고, 전깃줄 위에 참새들이 내려앉고 다시 날아가는 모습이 의미심장하게 다가왔다. 주변의 사물이 다 그렇게 보였다. 자명함이 무너지면서 모든 게 새롭게 구축되고 있었다. 문득 어지러웠다. 도수 높은 안경을 쓴 것 같은 느낌이었다.

사거리의 오른쪽 횡단보도 너머로는 몇 달 전 치료를 받았던 치과가 있었다. 시력이 의심스러울 정도로 동공이 탁한 노의사가 진료를 보는 곳이었는데, 그곳에서 한날 사랑니 두 개를 뽑았다. 사랑니가 단번에 뽑히지 않는지 의사는 온갖 기구를 동원해 사랑니를 쪼개고 부쉈다. 발치가 길게 이어지는 바람에 나는 중간에 마취 주사를 한 번 더 맞아야 했다. 잘게 부서진 사랑니를 모두 끄집어낸 의사는 다리를 휘청이며 자리에서 일어났다. 내 몸도 땀으로 푹 젖어 있었다. 의사가 처방해 준 약에는 흔히 처방되지 않는 강한 진통제와 진정제가 들어 있었다. 집에 돌아오니 서서히 마취가 풀리는 게 느껴졌다. 동시에 약 기운도 올라왔다. 쓰러지듯 이불 위에 누웠다. 감각이 곤두서는 듯하면서도 차분해지는 묘한 느낌이 몸과 마음 모두를 감쌌다. 어쩐지 황홀했다.

그랬다. 그때의 황홀경과 비슷했다. 살고 싶다는 생각이 든 순간, 주변의 모든 것이 새롭게 다가오는 기분은 마취가 풀리는 기분과 닮아 있었다. 달뜨면서도 평온했고, 예민해지면서도 고요했다.

지나치게 생생하면 어지러운 걸까. 순간 현기증이 일었다. 이따금 어깨를 부딪치고 지나가는 사람들에 의해 쓰러지지 않으려면 발바닥에 힘을 주어야 했다. 신발 밑창을 통해 땅의 단단함이 느껴졌다. 건물과 건물 사이로 황금빛 햇살이 눈부시게 비쳐 들었다.

그때의 내가 누가 뭐라 해도 흔들리지 않을 만큼 강인한 상태였는지, 아니면 누군가 다가와 도를 아냐고 물어본다면 궁금해서 따라갈 만큼 유약한 상태였는지는 알 수 없다. 그저 내가 어떤 한 마디를 건넜다는, 이전으로 다시 돌아갈 수 없다는 것만은 확실했다.

"살고 싶다면."

얘기를 들은 윤지 선배가 들고 있던 책을 탁 덮으며 말했다.

"먼저 죽어야지."

사람이 말을 해도 저렇게 하냐 싶으면서도, 뭔가 그럴듯하게 들려서 나는 잠시 넋을 잃고 선배를 바라봤다. 선배는 덧붙였다.

"그렇게 쳐다보지 마. 내가 한 말이 아니고, 장자가 한 말이야. 오상아(吾喪我)라고, 기존의 나를 죽여야 새로운 나로 살 수 있다는 말이 있어."

"표현이 과격하네요."

"익숙한 것을 버리고 익숙하지 않은 쪽으로 건너가라는 뜻이겠지."

"건너요? 횡단보도 건너는 것처럼?"

"그렇게 간단한 거라면 좋게?"

선배가 어이없다는 듯 웃더니 상체를 일으켜 앉았다.

"나도 비슷한 경험을 한 적이 있어. 내가 누군지, 어떻게 살고 싶은지, 진짜 살고 있긴 한 건지, 외부의 답이 아닌 내 안의 답을 찾으려고 지금도 계속 고민하니까. 누군가는 답도 없는 고민을 한다고 한심하게 보겠지만 답이 있는 고민만 하는 건 인간적이지 않잖아? 인간은 고민 속에서 살아갈 수밖에 없다고 생각해. 고민하는 순간이야말로 살아 있는 순간이고. 그러다 보면 믿어 왔던 통념을 무너뜨리고 새로운 시각을 가지게 되는 때가 오지 않을까. 낯설고 불편한 것 쪽으로 기꺼이 건너갈 수 있게 되는 거지. 물론 그렇게 새로 태어난 나도 언젠간 죽여야 할 대상이 될 테지만."

"선배, 난 이만 가 볼게요. 더 얘기하다가는 나까지 이상해지겠어요."

이렇게 말하고 나는 자리에서 일어났다. 윤지 선배의 철학 동아리 방에 자주 드나들면서도 동아리 가입은 안 하는 결정적인 이유가 바로 이것이었다.

"이미 충분히 이상하니까 걱정할 거 없어."

등 뒤에서 선배의 청량한 목소리가 들려왔다.

2

준우는 윤지 선배의 철학 동아리 후배였다. 선배가 초대한 동아리 공개 세미나에서 준우를 처음 만났다. 세미나는 왜 공개했는지 의아할 만큼 지루했다. 배배 꼬인 문장들 사이로 낯선 철학자들의 이름과 개념이 복잡하게 오갔다. 앉아서 조금 졸지 아니면 그냥 일어나서 나갈지 고민하던 차에 남학생의 발언이 귀에 들어왔다. 인간은 스스로 존재 방식을 선택하는 자유로운 존재라는 발언이었다. 듣는 순간 의문이 들었다. 내 경험상 인간은 관계의 그물에 걸린 존재, 그 그물이 둘러쳐진 범위 내에서만 겨우 펄떡이는 그런 존재였다. 제대로 들어 보니 남학생은 한 철학자의 사상을 설명하고 있었는데, 그 사상에 따르면 인간은 자신에게 주어진 자유로 인해 고통과 불안을 느낀다는 거였다. 남학생은 직접 세계와 맞부딪치면서 선택을 하고 있기 때문에 믿을 거라고는 자기 자신밖에 없는 실존의 어려움을 자신도 겪고 있다고 했다. 배부른 소리 하는 걸 즐기거나 약간 돌아이거나 둘 중 하나라는 생각이 들었다.

"선배, 쟤는 뭐 하는 애예요?"

세미나가 끝나고 윤지 선배에게 그에 대해서 슬쩍 물었다.

"뭐야? 너도 쟤한테 관심 있니? 쟤도 나한테 너 소개시켜 달라고 하던데. 박준우라고, 우리 동아리의 유일한 철학과야. 에이스라고 할 수 있지."

동아리만큼은 전공이 아닌 다른 걸 고르는 게 일반적일 텐데 동아리조차 철학을 선택하다니, 보통 돌아이가 아니구나

하는 생각이 들었다. 게다가 아무리 성적에 맞춰 대학에 왔
다 하더라도, 철학과를 선택할 배짱이 있다니 어떤 사람인지
궁금하기도 했다.

　얼마 뒤 윤지 선배가 우리 둘을 소개하는 자리를 마련했다.
내가 카페에 도착하자 윤지 선배는 둘이 알아서 얘기 나누라
며 짓궂은 웃음을 짓고는 자리에서 일어났다. 샅샅이 뜯어보
는 내 시선에 준우는 약간 긴장한 듯했지만 침착하게 자기소
개를 시작했다. 최근에 감명 깊게 읽은 책, 좋아하는 음악 취
향 등을 성실하게 밝혀 나가는 방식이었다. 마치 소개팅의
정석이라는 책이라도 읽고 온 것 같았다. 너무 정석대로 해
서 새롭게 느껴질 정도였다. 소개팅한 지 얼마 되지 않아 준
우는 실존적 관계에 대한 고민을 담은 에세이로 고백을 해 왔
다. 나는 폭소를 터뜨렸고 그만 미안해져서 고백을 받아들
였다.

　준우는 연애가 처음이라고 했다. 상관없었다. 이전에 사
귄 남자 친구들은 나보다 나이가 많고 경험이 있어 여러모로
능숙했지만 패턴이 뻔했고, 그래서 쉽게 질렸다. 예상을 빗
나가는 말로 나를 웃기는 준우는 만날수록 흥미로웠다. 연애
초반, 준우는 내가 손끝으로 등을 건드리기만 해도 흠칫흠칫
떨었다. 그런 준우가 나중에는 이것 보라며 단단해진 자기

다리 사이에 내 손을 가져다 슬쩍 올려놓기까지 했다. 수줍음을 극복하고 대담하게 발전해 가는 준우를 바라보는 것은 하나의 보람이었다.

얼마 전 집에 데려다준다는 준우와 함께 길을 걷다가 엄마와 마주쳤다.

"어? 엄마!"

스킨십을 하고 있었던 것도 아닌데 나는 잘못을 저지르다 들통난 사람처럼 화들짝 놀라며 걸음을 멈췄다.

"우리 엄마야."

당황했지만 침착하게 준우에게 엄마를 소개했다. 준우도 놀랐는지 뻣뻣하게 굳어 구십 도로 인사를 했다.

"안녕하세요. 박준우입니다."

"그래. 은호 친구니?"

엄마는 눈을 가늘게 뜨고 준우를 관찰했다. 엄마가 내 남자 친구를 본 건 처음이었다. 자못 긴장이 됐다. 엄마가 준우를 마음에 들어 할까. 내가 왜 이런 걱정을 하나 싶으면서도 나 역시 엄마처럼 준우를 위아래로 훑어보게 됐다. 갑자기 멀쩡하던 준우가 조금 변변치 못하게 보이기까지 했다. 동시에 엄마의 표정도 살폈다. 잘 드러나지 않는 엄마의 속내를 읽기 위해서였다.

관찰하는 엄마의 눈은 날카롭게 반짝였지만, 사실 따지고 보면 남자 보는 눈이 엄마가 나보다 좋으리란 법은 없었다. 아빠를 보면 알 수 있다. 내가 만난 사람 중에 아빠보다 못한 사람은 없었다. 대체 엄마가 어떤 기준으로 준우를 볼지 초조해하고 있는데 드디어 준우에게서 시선을 뗀 엄마가 나를 향해 말했다.

"언제 들어올 거야?"

"들어가야지. 들어갈 거야."

"일찍일찍이 다녀."

엄마는 등을 돌려 앞장서 걸었다. 준우가 얼른 엄마 따라 들어가라는 의미로 내 등에 손을 갖다 댔다. 엄마는 그 모습을 놓치지 않고 고개를 돌렸다. 준우의 손이 그만 나를 엄마 쪽으로 확 밀고 말았다.

엄마에게 남자 친구를 소개했을 뿐인데 왜 떳떳하지 못한 기분이 드는지 알 수 없었다. 미안하고 민망한 느낌이었다. 마치 혼자 맛있는 거 먹다가 들킨 기분과 비슷했다.

내가 엄마와 함께 살게 되자 준우는 울적해했다. 준우는 내 좁은 방에서 이리저리 자세를 바꾸어 가며 성의 즐거움에 눈을 뜨던 참이었다. 준우에겐 모텔에 갈 배짱도 돈도 없었다. 기숙사에 살면서 성적 장학금을 받고 있었는데, 집안 사정이 안 좋다고 열심히 공부해서 장학금을 타 내는 녀석이 내 입장에선 괴물 같았다. 나도 나름 중고등학생 땐 상위권에서 노는 편이었는데, 대학에 오니 다른 애들의 바닥을 깔아 줄 뿐이었다. 해도 안 되겠다는 걸 빠르게 파악하고는 노력하기를 일찌감치 포기했다. 했는데 못 하는 것보다 안 해서 못 하는 게 모양새가 나았다. 엄마에겐 성적을 숨겼다. 딸이 대학 가서는 이렇게 별 볼 일 없어졌다는 걸 알면 실망이 클 게 분명했다. 고등학생 때처럼 성적표를 집에 가져가지 않아도 돼서 얼마나 다행인지 몰랐다. 아니 차라리 실망시키는 게 나을까. 아예 내 미래에 대해 단념하도록, 기대도 안 하도록 확 실망시키는 게 나을지도 모른다. 그러지 못하는 건 엄마가 실망 대신 슬픔을 느낄지도 모른다는 두려운 예감 때문이었다.

여하간 나로서는 끙끙거리면서도 현실을 극복하려는 시도를 하지 않는 준우가 답답했다. 엄마가 들어오기 전에 집에 잠깐만 있다 가라고 해도 준우는 그건 아닌 거 같다며 고개를 저었다. 뭐지, 이 쓸데없이 강한 절제력은? 그즈음 준우가 시작한 요가 때문인지도 몰랐다. 우파니샤드라는 특이한 제목의 책을 한동안 들고 다니더니 교양 체육 수업으로 요가 강의를 듣는다고 했다. 태양 경배 자세라며 하늘을 향해 두 팔을 높이 올렸다가 땅을 향해 머리를 숙이는 동작을 보여 주기도 했다. 나는 준우가 혹시 이상한 신 같은 걸 믿게 된 건 아닌지, 경계하는 눈초리로 바라보았다. 내가 그러거나 말거나 준우는 한번 따라 해 보라며 동작을 여러 번 반복했다. 요가를 통해 심신의 안정과 조화를 도모할 수 있게 된다나. 이봐, 정신 차려. 안정과 조화라니, 청춘은 그렇게 사용하는 게 아니야. 내가 이렇게 말해도 준우는 빙긋이 웃을 뿐이었다.

아무튼 준우와 나는 엄마의 갑작스러운 등장으로 뜻밖에 애틋해져 버렸다. 내 연애 주기에 따르면 슬슬 격정과 열정이 사라지면서 관계가 정리될 타이밍이었는데, 이를 놓치자 준우와의 관계가 예상치 못하게 길어지고 있었다. 격정과 열정이 가라앉고 난 후의 관계, 이 낯설고 평온한 느낌은 뭐랄까, 묘하게 달콤했다.

3

현관문 비밀번호 누르는 소리가 들렸다. 침대에 누워 준우와 메시지를 주고받던 나는 휴대 전화 화면에서 눈을 떼고 방

안을 둘러보았다. 엄마가 들어오면 뭐부터 지적할지 저절로 신경이 곤두섰다.

"왜 답답하게 창문을 닫고 있어!"

방에 들어선 엄마의 미간에는 힘이 잔뜩 들어가 있었다.

"계속 열어 뒀다가 방금 닫은 거야. 담배 냄새 올라와서."

"답답해. 어휴."

엄마는 창문을 열며 한숨을 쉬었다. 내 귀에 대고 쉬는 것처럼 숨소리가 가깝게 들렸다.

"너 허벅지는 왜 그래?"

엄마가 내 다리를 보고 물었다. 잠옷 바지가 말려 올라가며 드러난 허벅지에 오백 원짜리 동전 크기만 한 멍이 들어 있었다. 언제 어디서 부딪쳤는지 알 수 없었다. 나도 몰랐던 멍을 엄마가 발견한 거였다.

"몰라."

나를 바라보는 엄마의 눈초리에는 걱정보다는 의혹이 깃들어 있었다. 누르지 않으면 아프지도 않은 멍이라 대수롭지 않게 생각했는데, 뭔가 해명해야 할 것 같은 기분을 느꼈다. 나는 잠옷 바지를 아래로 휙 끌어 내렸다.

내 방은 연인이라면 서로 살 비비며 살 수 있을지 몰라도 다 큰 성인 둘이 살기엔 도무지 어려운 공간이었다. 사생활

보장은 언감생심이고 끊임없이 침범을 당하는 기분에 시달려야 했다. 엄마의 기분과 감정은 어떤 벽에도 가로막히지 않고 내게로 건너왔다. 엄마가 고단할수록 내게 고이는 감정의 웅덩이는 더 커지고 깊어져야 했다. 다른 사람을 비난하는 엄마의 말을 듣는 것에도 점점 지쳤다.

"술 취해서 휘청거리는 것들이 제일 한심해."

엄마의 잣대는 너무 엄격했고 그만큼 비난은 날카롭고 견고했다. 그런 비난을 들으면 나 역시 그 기준에 어긋나는 건 아닐지 긴장됐다. 그리고 말끝에 꼭 아빠 얘기가 나왔다. 엄마 인생의 모든 비극의 근원에는 아빠가 있었다. 술 취한 손님이 화장실 바닥에 토해 놓은 걸 치워야 하는 자신의 신세도, 서울에 널린 수없이 많은 집 중에 자기 집 한 채 없는 형편도, 식당 불판에 손가락을 덴 사고까지 모두, "그 인간만 안 만났으면" 일어나지 않을 일이었다.

"그만 좀 하면 안 돼? 이제 이혼했잖아. 다 끝났잖아. 왜 자꾸 아빠 얘기를 하는데?"

아빠를 그렇게 싫어하면서도 사사건건 아빠 얘기를 꺼내는 엄마를 마주할 때마다 체한 것처럼 속이 답답했다.

"그럼 내가 그 인간 얘기를 너 아니면 누구한테 하니? 창피하게 남한테 할까?"

왜 나한테는 창피해하지 않는 걸까. 내게도 조금은 창피했으면 좋겠는데. 이럴 때 보면 엄마는 나를 거의 자기 자신처럼 대하는 것 같았다. 어쨌건 나도 엄마랑 한 몸은 아닌 분리된 몸인데 말이다.

"누가 아빠랑 결혼하래? 내가 엄마보고 아빠랑 결혼하랬냐고?"

"저 말하는 싸가지 봐. 하여간 네 아빠 닮아서……."

내가 고분고분하지 않을 때마다 엄마는 이 무기를 꺼냈다. "네 아빠 닮아서." 아무 맥락에서나 튀어나오는 그 말은 아주 공격력이 강해서 무기를 사용하는 사람에게도 상처를 입히는 듯했다. 나보다 엄마 눈이 먼저 빨개졌다.

"나도 아빠 얘기 듣는 거 힘들어. 힘들다고."

"듣는 게 힘들어? 듣는 것도 힘든데 그걸 다 겪은 나는 어떻겠어?"

실제 엄마와 나 사이에는 벽돌 한 장 없는데 벽에 대고 말하는 기분이 들었다.

"너 좀 이상하게 변한 거 같다. 사춘기가 이제 시작된 거야?"

나는 이 방에서 우리가 이전의 모녀 관계를 유지할 수는 없다고 생각했다. 좁은 공간을 함께 쓰는 만큼 우리는 서로에게 신경을 꺼야 했다. 염려와 격려를 주고받는 건 각자 방이 있을 때 가능한 일이었다. 최대한 서로를 의식하지 않고 무심해지는 게 우리가 할 수 있는 배려였다. 이 방은 걱정하고, 돌봐 주고, 가까이 들여다보는 작은 따스함만으로도 부글부글 끓어 넘치는 작은 냄비 같은 곳이었다.

한밤중, 엄마의 끙끙 앓는 소리에 잠을 깼다. 침대에서 몸을 일으켜 바닥을 바라보니 엄마가 굳은 어깨를 풀지 못해 만세 자세로 팔을 올린 채 자고 있었다. 자면서도 편히 쉬지 못하는지 얼굴을 찡그리고 있었다. 엄마는 허리가 아프다면서도 침대에서 자라는 내 말을 끝까지 거부했다. 종일 식당에서 손님들 뒤치다꺼리하며 힘들었을 텐데, 그냥 엄마 푸념 몇 마디 들어주면 그만인 것을 참지 못하고 욱했다는 후회가 밀려들었다.

블라인드를 통과한 햇살이 상담실 탁자 위에 가느다란 빗금 모양으로 쏟아졌다. 손가락으로 빗금을 문지르며 상담사에게 그동안 있었던 일들을 이야기했다.

"엄마가 이제 그만 아빠 그림자에서 빠져나왔으면 좋겠어요. 제가 보기에 엄마는 스스로 아빠의 그림자에서 나오려 하지 않는 거 같아요. 왜 계속 거기 머물러 있을까요?"

"엄마를 보면 그런 생각이 드는군요."

상담사는 잠시 말을 멈춘 다음 물었다.

"아빠는 어떤 분이세요?"

"아빠……."

아빠는 그저 피하고 싶은 존재였을 뿐, 어떤 사람인지 별로 생각해 본 적이 없었다. 그래서 내 입에서 이런 말이 튀어나왔을 땐 스스로도 어이가 없었다.

"아빠 늘 사랑을 고파하는 사람이에요."

엄마는 아빠의 눈이 문제라고 했다. 누가 부르면 당장 일어나서 따라갈 눈이라고. 그 말이 무슨 뜻인지 나도 알 것 같았다. 마루에 걸터앉아 하늘을 올려다보던 아빠의 눈빛을 기억한다. 어딘가 초조한 것도 같고, 쓸쓸한 것도 같고, 불안한 것도 같은 눈. 지금 생각해 보니 그건 사랑을 갈구하는 얼굴이었다. 그리고 사랑받기만을 바랄 뿐, 줄 줄은 모르는, 그러니까 자기밖에 모르는 얼굴이었다. 그에 비하면 엄마의 얼굴은 사랑같이 먹고사는 데 필요 없는 거추장스러운 감정들을 싹 걷어 낸 듯한 건조하고 담담한 얼굴이었다.

"아빠가 엄마에게 하는 말들을 가만히 들어 보면, 자길 사랑해 주지 않는다는 게, 인정해 주지 않는다는 게 요지였어요. 저랑 현호한테도 마찬가지였고요. 어쩌다 한 번씩 나타나서는 아빠 보고 싶지 않았냐고, 어쩌면 이렇게 아빠에게 무관심할 수 있냐고 노여워했어요. 자식들한테 무관심한 건 아빠였으면서."

아빠는 알 수 없는 이유로 삐지기 일쑤였다. 입맛에 맞게 풀어 주지 않으면 화를 냈고, 화를 내도 소용없을 땐 울어 버렸다. 아빠는 결정적인 순간에 눈물을 사용하는 사람이었다. 뻔한 패턴이었다(하지만 뻔하게 흘러가는 아빠의 감정 롤러코스터에 내 가슴이 매번 철렁 내려앉는 게 문제였다). 그 진부한 기억 사이에서 단연 튀는 사건이 있긴 했다.

그날 아빠는 김치찌개에 들어 있는 김치가 너무 크다는 이유로 짜증을 내기 시작했다. 그냥 주는 대로 먹으라는 엄마의 말에 아빠가 낯빛을 싹 바꾸더니 너 나 무시하는 거냐고 소리쳤다. 그러곤 자리에서 일어나 밥상을 엎었다. 밥상에 올라가 있던 찌개와 반찬과 밥이 와르르 바닥으로 쏟아지는 모습이 비현실적으로 보였다. 엄마는 나와 현호를 멀찍이 물러앉게 한 다음 아빠에게 이게 무슨 막돼먹은 짓이냐고 소리쳤다. 아빠가 씩씩거리며 엄마 쪽으로 다가갔다. 걸음을 내딛는 아빠의 기세가 금방이라도 엄마를 때릴 것 같았다. 그런다면 나 역시 가만있지 않을 거라는 생각에 잡고 있던 현호의 손을 놓고 자리에서 일어났다. 하지만 아빠는 바닥에 떨어진 열무김치를 밟고 벌러덩 나동그라졌다. 엄마는 아빠가 인상을 쓰며 손으로 허리를 짚는 순간을 놓치지 않고 다가가 아빠의 목을 발로 꾹 밟았다. 나는 두 손으로 입을 틀어막았다. 나름 역사적인 순간이었다. 그동안 절대적으로 아빠 쪽에 쏠려 있던 힘의 무게가 엄마 쪽으로 이동하는 순간이었다. 엄마의 발등 위로 솟아난 아빠의 얼굴은 점점 새빨개졌다. 아빠는 두 손으로 엄마의 발목을 잡고 몸을 비틀어 봤지만 안되겠던지 곧 손을 떼고 싹싹 빌기 시작했다. 아빠의 얼굴에 공포가 역력했다. 입 모양으로 보아 살려 달라고 말하는 듯했다. 엄마는 그래도 발을 떼지 않았다. 오히려 힘을 더 꾹 주는 거 같았다. 우유 배달로 단련된 엄마의 다리에는 묵직한 힘이 들어가 있었다. 저러다 진짜 죽는 거 아닌가 싶었다. 컥컥거리는 소리조차 아빠의 목구멍을 비집고 나오지 못하는 지경에 이르자 마침내 엄마는 발을 뗐다. 엄마의 발에서 놓여난 아빠는 한참 동안 몸을 웅크린 채 쿨럭거렸다. 기침이 멎으면 아빠가 엄마를 공격할까 봐 나는 긴장을 늦출 수 없었다. 그런데 잠시 뒤 아빠는 얼굴을 구기며 울기 시작했다. 나는 다행이라는 심정으로 조금 떨어진 곳에서 그 모습을 지켜봤다. 엄마는 이미 자리를 피하고 없었지만, 나는 어딘지 기괴한 그 모습에서 눈을 뗄 수 없었다. 아빠는 울다 말고 나를 힐끗 바라보더니 가까이 오라는 손짓을 했다. 나는 주저하다가 아빠에게 다가갔다. 아빠가 북받치는 감정을 참지 못하겠다는 듯 내 어깨를 와락 끌어안고는 울먹이는 목소리로 말했다.

"은호야, 아빠는 화목한 가정을 꾸리는 게 꿈이었거든. 그런데 애교 없고 독한 여자를 만나서 다 망했어. 다 망해 버렸어. 네 엄마 때문에."

그놈의 네 엄마, 네 아빠. 대체 내게 왜들 이럴까. 아빠는 이런 자기가 딱하지 않냐고도 물었다. 아빠는 자기를 우리 가족 중에서 가장 불쌍하다고 믿는 것 같았다. 아내도, 자식들도 아닌 자기 자신을 제일 가여워하는 사람. 그게 내 아빠였다. 아빠의 눈물 콧물이 내 어깨를 적셨다. 아빠는 정말 진심으로 슬퍼하고 있었다. 자신을 불쌍하게 여겨 주길 바라고 있었다.

나는 아빠 품에 안겨 있는 게 싫었지만, 몸을 빼지 않았다. 어렸을 때 부모님이 일찍 돌아가셔서 보살핌을 별로 받지 못했다는 아빠가 어느 정도는 정말 안쓰러웠기 때문이다. 그래서 가만히 앉은 채로 아빠가 내게 강제적으로 떠맡긴 위로하는 역할을 수행했다. 아빠는 정말이지 불쌍한 표정을 짓는 탁월한 재주가 있었다.

69

한편으로 나는 힘센 사람이 된 것 같은 기분을 느꼈던 것 같다. 내가 어른도 기대는 사람이라는, 어른에게도 위로가 되는 사람이라는 기분. 그 무게를 감당하느라 내 마음의 기둥들이 휘고 있다는 것은 모르고. 내 속이 멍든다는 것은 모르고. 지금의 나라면 싫다고 몸을 빼냈을 것이다. 그때의 나는 싫어도 싫다고 말하지 못했다.

　상담사가 물었다.

　"화목한 가정을 꾸리고 싶었다는 아빠 말에 대해선 어떻게 생각해요?"

　나야말로 화목한 가정에서 자라고 싶었다. 아빠와 내가 같은 것을 바랐다는 게 아이러니였다.

　"아빠에겐 가정에 대한 환상이 있었나 봐요."

　아빠가 제대로 된 가정을 꾸리려고 노력하지 않았다는 건 내 오해였는지도 모르겠다. 아빠는 오히려 자신이 꿈꾸는 완벽한 가정에 어울리는 새로운 여자를 찾아 헤맸던 걸 수도 있었다. 앞치마를 두른 모습으로 퇴근하는 남편을 다정히 맞이하는 아내와 말 잘 듣고 공부 잘하고 아버지를 존경하는 자식들. 어딘가에는 그런 가정이 있다고 생각한 걸까. 아빠 말대로 아빠는 딱한 사람이었다. 딱할 만큼 어리석은 사람이었다.

"그런데 아빠에겐 가정에 대한 환상만 있고, 가장에 대한 환상은 없었던 거 같아요. 화목한 가정을 꾸리지 못한 책임을 자신에게서는 찾지 않았죠. 상상 속에서 가정의 모습을 잔뜩 미화시키면서 화목한 가정을 누가 만들어 주는 걸로, 타인이 제공해 주는 걸로 여겼어요."

욕구가 단순하고 그 욕구를 충족하기 위해 생각 없이 일을 저지르는 사람을 이해하는 건 어려운 일이 아니다. 아빠는 엄마처럼 복잡한 사람이 아니었다. 아빠가 안쓰럽고 미웠던 어릴 적 감정은 이미 희미해졌다. 미움도 애정이 있어야 하는 거라고 했다. 아빠한테는 미움도 아까웠다. 아무 감정도 주고 싶지 않았다. 미움이라면 차라리 그런 아빠를 딱 잘라 내지 못한 엄마에게 들었다.

4

이사 갈 집을 알아본 끝에 방 두 개짜리 집을 구했다. 기존의 자취방 보증금에 엄마와 내가 번 돈을 합치니 이사 갈 만큼은 되었다. 새로운 집은 오래된 다세대 주택의 반지하였지만, 각자 사적인 공간을 갖게 되었다는 점이 다른 불편을 모두 상쇄하고도 남았다.

　이사 업체를 부를 필요는 없었다. 싱글 침대와 책상, 미니 냉장고 등 가전과 가구 모두 원룸에 딸린 것들이었다. 그래도 옷가지와 책 같은 살림살이를 싸니 짐이 꽤 됐다. 책이 가장 문제였다. 책상에 딸린 책장에 꽂아 둔 것 말고도 좁은 방 구석구석 놓아둔 책을 모두 꺼내 한데 놓으니 제법 양이 됐다. 이 책들이 다 어디 처박혀 있었느냐고 엄마는 기막혀했다. 전공 서적을 빼고는 주로 헌책방을 돌며 사 모은 것들이었다. 엄마의 손을 향한 위로에서 시작됐던 내 독서는 점차 마음이 허전할 때마다 책으로 도망가는 습관으로 이어졌다. 헌책방을 자주 가는 이유엔 저렴한 가격도 있고 뜻밖에 보물 같은 책을 발견하는 재미도 있지만, 나는 무엇보다 오래되어 헐거워진 책의 느낌이 좋았다. 숱한 사람들의 손길에 부드러워진 책의 질감과 삭아 가는 종이 냄새가 좋았다. 어디 한번 읽어 보라는 듯 위압감을 주는 빳빳한 새 책과는 달리 헌책은 여유로워 내가 들어갈 자리도 넉넉해 보였다. 책을 펼치고 그 안에 적힌 문장을 읽으면 내 주위로 보호막이 쳐지는 것 같았다. 현실이 내게 너무 바짝 다가오지 못하도록 막아 주는. 책이 있으면 현실이나 상황을 온전히 맞닥뜨리는 걸 피할 수 있었다. 가방에 책이 없으면 불안해 외출할 때는 꼭 한

권씩 챙겼다. 바깥에서 나는 책에 고개를 박고 고립을 자처하는 자세를 취하곤 했다. 하지만 나는 알고 있었다. 실은 함께 있어 줄 누군가를 원하고 있다는 걸.

준우가 와서 짐 옮기는 것을 도왔다. 준우는 기숙사 경비 아저씨께 빌렸다며 리어카를 끌고 왔다. 각종 잡동사니가 든 종이 상자, 노끈으로 엮은 책 묶음, 옷가지를 쑤셔 넣은 커다란 비닐봉지가 리어카 가득 실렸다. 한여름 햇살이 따갑게 내리쬐었다. 우리 셋은 번갈아 가며 리어카를 끌었다. 엄마가 끌 땐 준우와 내가 뒤에서 밀고, 준우가 끌 땐 엄마와 내가 뒤에서 밀었다. 대로변을 벗어나 낡아 가는 빌라가 늘어선 좁다란 길로 들어섰다. 숨이 헉헉 찼다. 땀으로 티셔츠가 푹 젖었을 때쯤, 엄마가 경사진 골목의 끄트머리 집을 가리켰다. 아랫부분이 녹슨 파란 대문 앞에 리어카를 세웠다. 대문을 여니 건물 오른쪽으로는 위층으로 이어지는 계단이 보였고, 왼쪽으로는 불투명한 유리가 끼워진 갈색 알루미늄 문이 보였다. 우리가 살 집의 현관이었다. 문에는 알파벳 디(D) 모양의 손잡이가 달려 있었다. 문을 열자 지하로 내려가는 계단 여섯 개가 나타났다. 반지하여도 골목 끄트머리 집이고 담장이 있어서, 창문을 통해 지나가는 사람들의 발목을 마주할 일은 없어 보였다.

현관문 오른쪽으로는 싱크대가 있었고 싱크대가 끝나는 지점에는 방바닥보다 오십 센티미터쯤 높이 돋우어 놓은 화장실이 있었다. 싱크대와 마주한 방은 내가, 현관문 왼쪽에 딸린 방은 엄마가 쓰기로 했다. 통풍에 취약한 구조라 집 안 전체에 눅진한 공기가 가득했지만, 방과 방 사이를 가로지르는 벽이 있다는 사실만으로도 흡족했다. 텅 비어 버린 통장 잔고는 더 생각하지 않기로 했다.

계단을 오르내리며 짐을 옮겼다. 책을 꽂을 책장이나, 옷을 걸 만한 옷장을 마련하기 전이라 우선 구석에 대충 짐을 부려 놓았다. 바닥을 쓸어 낸 다음엔 중국 음식을 배달시켰다. 싱크대가 놓인 공간은 방과 화장실을 잇는 통로의 역할을 할 뿐 주방으로서의 기능을 할 수 있는 곳이 아니라, 내 방에 신문지를 깔았다. 신문지 위에 배달 온 중국 음식을 올려 놓았다. 나는 종이컵 세 개에 소주를 따랐다. 이사 기념 축배였다. 엄마는 한 모금 입에 대더니 얼굴을 찡그리고는 더 마시지 않았다. 나와 준우는 종이컵으로 소리 없는 건배를 나누었다.

"준우야, 고생 많았다. 많이 먹어."

엄마는 자기 그릇에 있던 짜장면의 면발을 준우 그릇 쪽으로 넘겨 주었다. 나는 엄마가 준우에게 쓸데없는 말을 할까 봐 귀를 쫑긋 세웠다. 다행히 엄마는 별다른 말을 하지 않았다. 지친 기색이 역력했다. 잠시 지나갈 오후 햇빛이 창문에 달린 쇠창살 사이로 비쳐 들었다.

"아까 오다가 골목 입구에 멀쩡한 탁자가 버려져 있는 걸 봤어요."

준우가 말했다. 엄마는 잘됐다며 이거 먹고 리어카로 싣고 오자고 했다. 내 책상으로 쓰면 되겠다는 거였다. 나는 준우에게 남루한 생활을 모두 보였다는, 맨 얼굴을 보인 것보다 더한 난감함을 잊으려 한 잔 두 잔 술을 비우다가 한껏 취해버렸다. 취하고 나니 허물어진 문턱이며 너덜거리는 싱크대 필름이며 얼룩진 장판 등 집의 초라한 구석구석이 눈에 들어오기 시작했다. 고작 이런 집에 만족한 내 소박함에 코웃음이 났다. 눈꺼풀이 점차 무거워졌다.

상자에 뺨을 대고 잠깐 졸다가 금속성의 딱딱거리는 소리에 눈을 떴다. 고개를 들어 계단 쪽을 바라보니 준우의 모습이 보였다. 철물점에서 사 온 빗장쇠를 현관문에 설치하고 있었다. 집 안에 있을 땐 꼭 빗장을 걸어 두라고 당부하는 준우 목소리가 꿈결처럼 들렸다. 그 모습과 소리가 그대로 내 꿈속에 잠겼다.

공간이 분리되었지만, 엄마와 내 관계는 더 악화됐다. 시작은 내 방이었다. 엄마는 매일같이 내 방 청소를 문제 삼았다. 이전 집은 치우려고 해도 치울 수가 없었다. 어지럽힐 공간 자체가 없었으니까. 약간 여유 공간이 생기자 엄마는 내 물건들이 놓인 방식이 맘에 안 드는 모양이었다. 햇볕이 안 들고 눅눅하긴 해도 성냥갑 같던 공간에서 벗어나 나름 구색을 갖춘 집에 살림을 풀었으니, 좀 더 사람답게 살고 싶은 엄마의 마음을 이해할 수 없는 건 아니었다. 하지만 내가 아무리 정리를 해도 엄마의 기준을 충족시킬 순 없었다.

"내 방엔 신경 쓰지 마, 엄마."

"어떻게 신경을 안 써. 네 방만 보면 정신 심란해."

"열어 보지를 말라고, 그냥."

"어떻게 안 열어 봐. 자기 방 정리도 못 하는 애가 무슨 대학 공부를 한다고."

"얘기가 왜 거기까지 나가는데?"

한번은 지나치다 싶을 만큼 청소를 한 뒤 엄마를 불렀다. 엄마는 마지못한 걸음으로 내 방문 앞에 다가오더니 안을 한 번 힐끗 들여다보고는 관심 없다는 듯 고개를 돌리며 말했다.

"할 수 있으면서 그동안은 왜 안 했대?"

기가 막혔다.

"그냥 잘했다고 말해 주면 안 돼?"

"당연한 걸 하고서 그러니, 넌."

열패감이 들면서 뱃속이 뜨거워졌다. 몸에 힘이 빠져 바닥에 드러누웠다. 묵은 먼지를 닦고 잡동사니들을 정리하면서 개운해졌던 마음이 다시 진흙탕으로 변했다.

하루는 아예 항복 선언하듯 엄마에게 터놓고 말했다.

"엄마 나 요즘 너무 힘들어. 지금 상담도 받고 있어."

엄마 반응은 거의 자동적이었다.

"네가 힘들긴 뭐가 힘들어? 엄마 사는 것 보고도 그래? 나는 네 나이 때 돈 벌고 애 키우고 살림하고 다 했는데, 네가 뭐가 그렇게 힘들어서?"

엄마는 잠시 말을 멈췄다가 덧붙였다.

"그리고 어디 가서 상담받는다고 얘기하지 마. 그런 얘기 남한테는 하는 거 아니야."

으슥한 골목길을 지나야 하는 귀갓길이 더 불안하게 느껴졌는지, 엄마는 늦게 들어오지 말라는 잔소리도 더 자주 했다. 난 늦은 귀가를 나름대로 청춘의 방황이라고 이름 붙였지만, 엄마에게 통할 리 없었다. 나는 삶을 학교생활과 알바로만 채울 생각이 없었다. 알바가 끝난 후 시작되는 내 시간을 충분히 즐기고 싶었다. 하지만 엄마는 밤 10시 30분이 넘어가면 전화를 걸어 왔다. 전화를 받지 않으면 문자 메시지를 보냈다.

– 어디니. 당장 들어와. 너까지 엄마 힘들게 할래?

그런 문자가 뜨면 휴대 전화를 바닥에 던져 버리고 싶은 충동을 느꼈다. '너까지'라니. 나를 뭐랑 싸잡는 것인지, 참기 힘든 짜증이 밀려왔다. 나 역시 묻고 싶었다. 엄마까지 나 힘들게 할래? 엄마는 그냥 내 활동 반경과 시간이 늘어난 게 마음에 안 드는 것 같았다. 내 삶이 이전의 수축된 상태 그대로 이길 바라는 것 같았다.

엄마에게는 경험의 확대보다는 안전이 우선인 듯했다. 그러나 거기엔 물리적 안전만 있을 뿐, 정신적 안전은 없었다. 옴짝달싹 못 하게 묶인 삶도 위험할 수 있다는 생각을 왜 하지 못하는 걸까. 몸이 다치는 것만큼 정신과 마음도 다칠 수 있다는 걸 모르는 걸까. 지금 내게 가장 위험한 건 밤길이 아니라 엄마가 내 주변에 둘러놓으려는 울타리였다.

잔소리가 먹히지 않자 엄마는 길에서 아무 이유 없이 폭행당하고 죽임당하는 여자들 얘기를 꺼내기 시작했다. 엄마 말엔 틀린 게 없었다. 그런 기사가 하루가 멀다 하고 쏟아졌으니까. 엄마 말대로 위험이 산재했다. 하지만 엄마의 말에는 그런 일을 벌인 사람들보다 그런 일을 당한 사람들을 탓하는 듯한 뉘앙스가 배어 있어, 내 두려움보다는 반발심을 자극했다.

"왜 저 시간에 밖에 나돌아 다니냐고. 정신 나갔어, 아주. 세상 무서운 줄 모르고."

"아니, 왜 피해자 탓을 하는데?"

나는 밤이든 낮이든 장소를 가리지 않고 일어나는 일이라고 기사 속 증거를 들이밀며 쏘아붙였다. 엄마도 지지 않았다.

"처신을 똑바로 했으면 그런 일을 당했겠어?"

"처신이라니? 늦은 시간에 인적 없는 곳에서 일어난 범죄라 해도, 거기서 처신을 똑바로 하지 않은 건 피해자가 아니라 가해자 아냐?"

"그래 너 잘났다. 너 잘났어. 대학 다닌다고 엄마 무시하니? 네가 누구 덕에 대학 갔는데!"

엄마의 이러한 비약 앞에서 나는 할 말을 잃었다. 이 비약에도 실은 틀린 말이 없었다. 내가 엄마 덕에 대학에 왔다는 것, 그리고 가해자에 대해선 논할 필요가 없고 상식적인 사람들이 조심해서 피하는 수밖에 없다는 엄마의 논리를 내가 무시하고 있다는 것, 두 가지 모두 사실이니까.

방 청소와 귀가 시간. 오랜 세월 셀 수 없이 많은 모녀가 이 문제로 갈등해 왔을 텐데 누구 하나 그럴듯한 해결책을 내놓지 못한 걸까. 상황별 매뉴얼로 만들고도 남을 충분한 데이터가 쌓였을 게 분명한데, 모녀 갈등 조약 같은 게 생겼을 법도 한데. 치열하게 싸우다가도 우리가 싸우는 주제가 너무 고리타분하다는 생각이 들면 한순간에 힘이 쭉 빠졌다.

혹시 모른다.

"깨끗한 방을 보면 엄마 기분이 좋아질 것 같은데 시간 되면 조금 정리해 주겠니?"

"시간이 늦어서 걱정되네. 너무 늦지 않게 조심히 들어왔으면 좋겠어."

세상 어딘가에는 이렇게 말하는 유니콘 같은 엄마가 있을 수도.

"깨끗한 내 방이 엄마의 기분에 도움이 된다면 잘 정리해 볼게."

"우리 엄마, 딸이 걱정됐구나. 내가 엄마 걱정 안 하게 연락 잘하고 조심해서 다닐게."

이렇게 말하는 학습 만화 주인공 같은 딸이 있을 수도.

어쩌면 우리를 진짜 괴롭게 하는 건 청소 문제도 귀가 시간도 아닌 약간의 가능성인지도 몰랐다. 어찌해 볼 도리가 없는 상태에서는 비울 수밖에 없었던 마음에 조그맣게 생겨난 기대. 그 기대감이 괴로움의 싹일 수도. 생각할수록 분했다. 엄청나게 잘살려는 것도 아니고 지금보다 약간 더 잘살아 보려는 희망을 품은 대가가 너무 썼다.

5

2학기가 개강했다. 무력감과 막막함이 점점 심해졌다. 갑자기 울음이 터지거나, 짜증이 솟는 등 감정이 파도처럼 출렁거렸다. 그럴 때면 준우에게 연락했다.

"지금 어디야? 빨리 나와."

준우는 때로 머리카락이 젖은 채로도 달려왔다. 누울 자리 보고 발 뻗는다고, 내 감정을 받아 줄 사람이 옆에 있자 감정은 더 널을 뛰었다. 나한테 엄마 모습이 보이는 거 같았고, 그게 또 준우가 옆에 있기 때문인 것 같아 홱 토라진 채 집으로 돌아오곤 했다. 내가 아무리 변덕을 부려도 얼굴 한번 찡그리지 않는 준우의 모습에 괜한 골이 나기도 했다. 줄줄 새는 마음의 구멍을 준우로 막아 보려는 시도는 번번이 실패했다. 머리로는 준우에게 기댈 게 아니라 스스로 처리해야 하는 감정이라는 걸 알고 있었지만, 나 자신이 통제되지 않았다.

윤지 선배도 요즘 들어 이상해 보였다. 강의 내내 멍하니 팔꿈치를 책상 위에 올려 둔 채 창밖만 내다보고 있었다. 무슨 고민이라도 있는 걸까. 너무 대놓고 그러고 있어서 학생들의 강의 태도에 별로 연연하지 않던 교수마저 한마디 했다.

"김윤지 학생. 이번 강의 재수강 아닌가요?"

"네. 맞습니다."

"그런데 배짱이 아주 두둑하네요. 혹시 금수저인가요?"

대답을 요구하는 물음은 아니었다. 교수 나름으로는 유머를 구사해 보려는 것 같았다. 그래도 그렇지, 금수저라면 강의를 제대로 안 들어도 된다는 건가.

"네. 맞습니다."

주저 없이 대답하는 선배 목소리가 들렸다. 강의실에 일순 긴장감이 돌며 웅성거리는 소리가 퍼졌다.

"곧 쇳물에 녹아 없어질 금수저긴 하지만요."

교수는 약간 당황한 듯 보였다.

"김윤지 학생은 강의 끝나면 교수실로 오도록 해요."

"네. 알겠습니다."

선배의 목소리는 분위기와는 상관없이 줄곧 담담했다.

학과 공부를 이대로 지속할 수 있을지 고민이 깊어졌다. 애초에 나한테 적성이란 게 있는지는 모르겠지만 아무튼 행정학과는 나와 맞지 않았다. 행정학과는 엄마와 고3 담임과 수능 배치표, 셋이 만들어 낸 결과였다. 그해 수능은 어렵기로 악명 높았다. 1교시 국어 영역이 끝나자마자 시험을 망쳤다며 가방 싸서 교실을 나가는 학생들이 속출했다. 나 역시 국어 영역 시험지를 받아 들고 망했다는 생각이 들긴 했다. 하지만 위기가 닥칠수록 정신을 단단히 벼리는 것이 내 특기. 쉬운 시험은 답이 확실하게 보이지만 어려운 시험은 이게 답일까 싶은 정도로만 모습을 드러낸다. 그러니 그런 것을 골라 찍으면 된다. 정신 바짝 차려. 여기서 당황하면 끝장이야. 나는 자신에게 짧은 일갈을 한 뒤 차분하게 문제를 풀어 나갔다.

시험이 끝나자마자 뉴스와 신문에서 불수능 운운하는 기사가 쏟아졌다. 최상위 아이들을 제외한 많은 학생의 점수가 수십 점 하락했다. 그 와중에 나는 놀랍게도 평소 점수를 유지했다. 평소의 점수여도 석차는 훅 올라가 있었다. 진학 상담을 하러 온 우리 엄마에게 담임은 뿌듯한 얼굴로 수능 배치표에서 내 원점수와 표준점수가 서울 강북 한 대학의 행정학과와 똑같다는 것을 짚어 주었다. 엄마 또한, 여자애는 공무원이 최고죠, 하며 공부 잘하는 자식에게 큰 기대는 걸지 않는 소박한 엄마라는 뉘앙스를 풍기며 담임의 말에 찬성했다. 그렇게 내 전공은 행정학과가 되었다. 내가 딱히 반대하지 않았던 건, 가고 싶은 과가 있었던 것도 아니었고(무조건 수능 잘 보는 것만이 목표였으니까) 수능이 끝나자 모든 것이 연소된 것처럼 힘이 쫙 빠져서 될 대로 되라는 상태였기 때문이다.

입학하고 얼마 지나지 않아 깨달았다. 행정 고시를 패스할 게 아니라 공무원 시험을 볼 거라면 대학엔 갈 필요가 없다는 것을. 행정 고시는 처음부터 염두에 두지 않았다. 고시생이 되려면 대학 등록금 외에 별개의 사교육비가 필요했다. 거기다 얼마나 길어질지 모를 수험 생활을 뒷받침해 줄 생활비도 필요했다. 무엇보다 고시를 패스할 만할 머리와 정신력과 성실성이 필요했다. 다 내겐 없는 것들이었다. 그렇다면 남은 건 7급과 9급 공무원인데, 그 시험엔 학력 제한이 없었다. 말하자면 대학 등록금과 4년의 세월을 들일 필요가 없는 거였다. 어째서 담임과 엄마는 공무원이 되려고 대학을 간다는 비효율적인 발상에 뜻을 같이했던 것일까. 잘 알아보지도 않고 인생의 중요한 결정이 이렇게 나도록 내버려 둔 나 역시 한심했다.

그래도 대학 나온 공무원이랑 안 나온 공무원은 다르지 않을까, 대학 졸업장은 있는 게 낫지, 그런 판단으로 버티려면 버틸 수도 있었을 것이다. 그러나 나는 도무지 행정학 자체에 의문을 품지 않을 수 없었다. 행정학이라니, 어떻게 이렇게 몇 백 년도 안 된 얄팍한 지식에 학문이라는 말이 붙었는지 이해할 수 없었다. 내가 생각한 학문의 이미지는 좀 더 넓고 깊이가 있는 것이었다. 그 끝을 헤아리기 어려워 끝없이 연구하고 탐구해야 하는 분야가 학문 아닌가. 이를테면 천문학, 물리학, 문학, 사학, 수학 같은. 그에 비하면 행정학은 여러 학문의 부스러기들을 긁어모은 잡학에 불과해 보였다. 아니, 효율적인 국가 운영을 위해 고안되었다니 학(學)이 아니라 술(術)에 가까운 것 같았다. 재정을 어떻게 확보해서 어디에 쓸지, 인간을 자원으로 인식해 어떻게 관리할지, 조직을 어떻게 구성할지를 운운하는 행정 이론은 학문이라고 하기엔 너무 좁고 얕았다. 쓸데없이 만들어 낸 개념과 불필요하게 복잡한 분류로 가득한 행정학 교재들이 제품 사용 설명서보다 나은 게 뭐지. 이게 과연 학생들과 토론이라는 것 자체를 하지 않고(행정학 자체가 토론거리가 되지 못하는 건지도) 그냥 자신의 말을 외우라고 닦달하면서도 자신을 학자인척 착각하는 교수를 바라보는 괴로움을 참아 가면서까지 배

위야 할 만한 것인가, 하는 의문은 시간이 갈수록 강해졌다
(이외에도 내 낮은 학점을 변호하기 위한 이유는 더 찾아낼 수
있다).

어느 날은 작정을 하고 엄마에게 물었다.

"엄마, 왜 나한테 어떤 공부에 관심이 있는지, 무슨 과에 가
고 싶은지 안 물어봤어?"

"물어봤잖아."

"엄마가 물어봤다고? 언제?"

"너 대학 원서 쓰기 전에."

그랬나. 기억나지 않았다. 내가 기억을 못 하는 걸까.

"너도 공무원 좋다며?"

그제야 기억났다. 직업으로는 공무원이 최고라는 일장 연
설을 늘어놓은 끝에 엄마는 물어봤었다.

"너도 좋지?"

그래, 엄마는 물어봤었고 나는 엄마가 원하는 대답을 했었
다. 엄마가 원하는 걸 나도 원하는 내 오랜 마음의 습관에 따
라. 나는 엄마가 원하는 딸이 되고 싶었다. 그리고 그건 지금
도 마찬가지였다. 엄마의 뜻대로 살고 싶은 마음은 그대로였
다. 다만 엄마 뜻대로 살고 싶지 않은 마음도 생긴 것이 문제
였다.

"그때는 그냥, 엄마가 공무원이 좋다고 하니까 그런 줄 알고 아무 생각 없이 말한 거지. 망했어. 다 엄마 때문이야."

"네 인생 네가 알아서 하는 거지. 왜 엄마한테 그래?"

엄마는 내가 알아서 하려고 하면 제동을 걸면서 결정적인 순간엔 이런 식으로 발을 뺐다. 나는 한숨이 나왔지만 다시 생각에 빠져들었다.

그럼 내가 진짜 원하는 건 뭐지? 그땐 몰랐다 하더라도 이제는 알아야 했다. 엄마에게 발언권을 주지 않고 오로지 내가 묻고 내가 답해야 했다. 내가 원하는 건 뭐지?

6

학관 근처 광장 쪽에 지난주까지만 해도 없었던 공사장 펜스가 둘러져 있었다. 종종 대자보가 걸리고 학생들이 모여 구호를 외치던 너른 광장이었다. 펜스 근처를 기웃거리는 사람 중에 한동안 보이지 않았던 윤지 선배가 있었다.

"선배, 그동안 왜 안 보였어요?"

"나 자퇴했어. 지금 동아리 방에서 짐 챙겨 나오는 길이야."

"그게 무슨 말이에요, 선배?"

"선배라고 부르지 마. 나 이제 너희 학교 선배 아니니까."

"아니, 장난하는 것도 아니고. 갑자기 자퇴라뇨?"

"놀랄 거 없어. 그냥 건너가는 거야. 익숙하지 않은 쪽으로."

어이가 없었다. 말투만 보면 선배는 여름휴가라도 가는 사람 같았다.

"어디로? 어디로 건너갈 건데요?"

"그걸 알면 인생이 쉽게?"

내가 아는 윤지 선배라면 정말 대책이 없을 수도 있었다. 선배는 자신의 인생을 흐름을 알 수 없는 파도에 맡길 만한 강단과 배포가 있는 사람이니까. 나는 선배의 손을 잡아끌고 근처 벤치로 향했다.

"혹시 교수님 때문이에요?"

"아니야. 그럴 리 있나."

"그럼 대체 왜요? 그동안 궁금했어요. 선배는 대체 왜 행정학과에 왔는지. 그렇다고 지금 그만두는 건 뭐예요? 그리고 참, 선배 진짜 금수저 맞아요?"

"한 번에 하나씩 물어봐."

내 집요한 질문에 선배가 하나씩 이야기를 꺼내 놓았다.

우선 선배의 아버지가 직급이 1급에 달하는 고위 공무원이라는 사실을 알게 됐다. 금수저라는 말을 단박에 이해할 수 있었다.

"우리 아빠는 공기업, 공공 기관, 공무원처럼 공(公) 자가 들어간 거라면 무조건 좋아했어. 오빠와 나는 다른 진로를 선택할 여지가 없었지. 물론 자식들이 대학에 들어가는 것도 아빠한테는 중요한 일이었으니까 대학은 무조건 가야 했고. 우리 집은 아빠 말이 곧 법이었거든. 우리 오빠 아빠 말을 착실히 따라서 지금 완전 엘리트야. 얼마 전에 공기업에 수석으로 입사했어. 내가 봐도 대단해. 어떻게 그렇게 살 수 있는지. 친한 친구 한 명 없이, 할 줄 아는 운동, 취미 하나 없이. 나는 나름 딴짓을 많이 했거든. 그래도 대학만큼은 나도 어떻게 할 수가 없었어. 여기 아니면 안 보내 준다는데 어떡해. 우선 들어와서 딴짓해야지 싶었지."

선배는 허공에 대고 한숨을 후, 뱉은 뒤 말을 이었다.

"그런 아빠가 얼마 전에 뇌출혈로 쓰러지셨어. 스트레스성 뇌출혈이래. 사람들을 마음대로 부리며 사시는 분한테 무슨 스트레스가 있었나 했더니, 최근에 뇌물 수수 혐의로 수사를 받고 계셨더라고. 기자들 귀에까지 들어가 버린 상태고. 공 자를 좋아하시더니 공짜까지 좋아하실 줄이야. 진짜 창피해서. 원래부터 착한 딸은 아니었지만 이젠 진짜 못 된 딸이 되었는지 안타까움보다 창피함이 앞서더라."

선배 아버지는 의식을 잃고 병원에 입원해 있는데, 가족도 알아보지 못하는 상태라고 했다.

"아빠 눈이 나를 알아보지 못하고 텅 빈 상태로 스치는데, 문득 홀가분하더라고."

아빠의 시선에서 벗어나게 되자, 아니 아빠의 시선을 잃게 되자, 윤지 선배는 대학 생활을 견뎌 낼 힘도 함께 잃었다고 말했다. 더 대학에 다닐 필요가 없는 것 같다고. 낯설고 불편한 쪽으로 넘어가기 위한 용기를 지금 아니면 또 내기 어려울 것 같다고.

나는 잠시 멍했다. 높은 밀도로 압축되어 들어온 선배의 이야기가 쉽게 소화되지 않았다.

"저 펜스 안쪽에 뭐가 들어서는 줄 알아?"

선배가 침묵을 깨고 턱으로 공사장 펜스를 가리키며 말했다.

"몰라요. 지금 그게 중요해요?"

"쇼핑몰이 들어온대."

"학교 안에 웬 쇼핑몰?"

"학생 편의 시설 확충 차원이라나. 스타벅스랑 맥도날드도 들어온다네."

"총장이 우리 주식이 커피랑 햄버거라는 것만큼은 잘 아나 보네요."

"대학 입장에선 합리적인 선택이겠지. 광장에 학생들 모이는 꼴 안 봐도 되고 프랜차이즈 입점시켜서 재정도 마련하고."

"그게 그렇게 되는 거예요? 아무도 반대 안 해요?"

"총학에서 움직이긴 할 거야. 그래도 별수 있겠냐. 계란으로 바위 치기겠지."

윤지 선배는 묵직한 천 가방을 쥐고 자리에서 일어나면서 뜬금없는 말을 덧붙였다.

"너 말야. 정신 바짝 차리고 학교 다녀. 사람만 가스라이팅하는 거 아냐. 사회가 하는 가스라이팅에도 주의를 기울여야 한다고."

나는 할 말을 잃은 채 뒤돌아서는 윤지 선배의 등을 바라봤다. 가방의 무게 때문인지 윤지 선배의 어깨가 왼쪽으로 기울어져 있었다. 그게 무슨 말인지 물어봐야겠다 생각했을 때 선배의 모습은 사라지고 없었다. 빠른 걸음은 여전했다.

대학에 대한 환상은 일찌감치 깨진 참이었다. 존재와 시대를 고민하는 대학은 역사서에나 나오는 얘기였다. 애초에 나는 대학에 기대한 게 없었다. 그저 날 입학시켜 주기만을 바랐다. 대학 합격 소식은 취향이 까다로운 이상형이 받아 준 고백처럼 기뻤다. 하지만 막상 날 받아 준 대학은 데이트 폭력을 일삼는 연인처럼 굴었다. 내가 원하는 것에는 관심이 없었고 줄기찬 노력만을 요구했다. 계약을 갱신하듯 돈을 건네주지 않으면 가차 없이 차 버리는 비정한 연인이기도 했다. 시간이 갈수록 내가 뭘 할 수 있을지 자신 없어지고, 별 볼 일 없는 사람처럼 여겨진다는 점에서 나는 가스라이팅 피해자와 닮은 구석이 있었다.

도서관 너머로 본관이 보였다. 명칭은 대학 본관이지만 학생들이 그곳에 갈 일은 거의 없었다. 나도 지금껏 한 번도 들어가 본 적 없었다. 무작정 본관으로 향했다. 저기다. 대학에서 가장 익숙하지 않은 곳. 그러니까 우선 저기로 넘어가 보자. 중얼거리며 발걸음을 옮겼다. 본관 입구에 들어서자 대리석으로 꾸며진 웅장한 로비가 나타났다. 개츠비가 걸어 내려올 것 같은 나선형 계단을 올라가니 총장실이 나왔고, 오른쪽 복도 끝에는 교무 학생처가 있었다. 잠시 망설이다 오른쪽으로 몸을 틀었다.

"지금 휴학 신청할 수 있나요?"

학생처 안으로 들어가 데스크에 앉아 있는 직원에게 물었

다. 내가 지금 뭐 하는 건가. 이왕 하는 거 윤지 선배처럼 자
퇴가 폼 날 것 같았지만, 순간 엄마의 얼굴이 아른거리며 나
온 말은 휴학이었다. 식은땀이 났다. 휴학, 이게 무슨 큰 일탈
이나 된다고 벌벌 떨렸다.

"이번 주까지는 신청 가능해요."

"해 주세요, 휴학! 휴학 해 주세요."

나는 화장실이 급한 사람처럼 외쳤지만, 직원은 심드렁한
목소리로 대답했다.

"여기서 하는 게 아니고요. 온라인으로 휴학 신청서 작성
하셔서 제출하시면 돼요."

기세를 몰아 일을 저지르려고, 도서관 컴퓨터실로 직행했
다. 뛰는 가슴이 진정되지 않았다. 이게 준우가 말했던 자유
로운 선택에 따르는 고통과 불안인가. 그래, 오려면 어디 와
봐라. 어떤 고통도 불안도 다 받아 주마. 화면 속 휴학 신청서
를 보면서 나는 호기롭게 키보드를 두드렸다.

충동적인 휴학이니만큼 이후 계획은 없었다. 일단 멈추는
게 목적이었다. 계속 이렇게 등록금만 축낼 수는 없었다. 친
구들의 휴학에는 분명하고 생산적인 목적이 있었다. 행정 고
시 준비, 어학연수, 인턴십, 자격증 취득, 해외 자원봉사 같은
것들. 하지만 나에게는 해당되는 사항이 아무것도 없었다.

굳이 찾자면 자아 탐구? 누군가에게 말하기엔 부끄러운 휴학 사유였다(생산성이나 목적 없는 행위가 부끄러운 짓이라는 생각이 언제 어떻게 내게 새겨졌는지는 모르겠다). 엄마에게는 공무원 시험 공부에 집중하려고 휴학하는 거라고 둘러대기로 했다. 생각할 시간이 필요했다. 공무원이 되고 싶진 않았다. 어쩐지 공무원으로 사는 인생은 지루할 뿐만 아니라 비겁하다고 느껴졌다(그렇다고 누가 거저 공무원을 시켜 준다면 거절할 것 같진 않지만). 사는 데 지루와 비겁 따위는 별 문제가 아닐 수 있다는, 오히려 문제는 불안정과 무모함일 수도 있다는 의구심이 올라오긴 했지만, 모른 척 눌러두었다.

7

"나 휴학했어. 이대로 계속 학교 다니는 건 아닌 거 같아서."

휴학 신청을 마치고 도서관에 틀어박혀 있는 준우를 야외 벤치로 불러냈다.

"이대로 다니는 건 아니라니. 그럼 지금까지는 무슨 생각으로 다녔는데?"

"생각이라니. 무슨 생각이 있었겠어. 다들 대학 다닌다고 하니까 다닌 거지."

"아니, 그래도 목적이 있을 거 아냐. 대학을 통해 이루고 싶은 뭔가."

"그게 무슨 소리야. 대학 자체가 목표였는데."

나는 잠시 생각하다가 덧붙였다.

"설마 넌 그런 게 있단 말이야? 대학을 통해 이루고 싶은 뭔가?"

"나는 세계를 깊게 이해하고 싶었어. 세상의 원리와 진리가 있다면 그게 뭔지 궁금하거든. 그래서 물리학 복수 전공도 시작한 거고."

준우는 물리학 수업까지 들어가며 공부에 열을 올리고 있었다. 대학원을 염두에 두기 시작하더니 공부할 때는 휴대전화를 아예 무음으로 해 두었고, 참고할 책들이 대출 권수를 초과한다면서 카페가 아닌 도서관에서 공부하는 날들도 많아졌다. 철학도 모자라 이번엔 물리학이라니, 세계가 움직이는 방식도 공부하고 싶다니. 아무리 뜬구름 잡는 걸 좋아해도 그렇지 이해하기 어려운 사람이었다.

"너 집안 사정 어렵다며. 얼른 괜찮은 곳에 취업해서 부모님 짐 덜어 드려야 할 것 아냐."

준우가 대학원 얘기를 꺼냈을 때, 나는 이런 말로 준우의 불안을 부추겨도 봤다. 하지만 준우는 태연했다.

"내가 빨리 취업하지 않는다고 큰일 나는 건 아냐. 집이 넉넉하진 않아도, 본인들 먹고사실 만큼 농사는 지으시거든. 내 일은 내가 알아서 하면 돼."

나는 포기하지 않았다.

"아니, 뭐 큰일이야 나지 않겠지만 부모님 고생 덜하시게, 호강도 좀 시켜 드리고 그러고 싶지 않아?"

그래도 준우는 흔들리지 않았다.

"그러고 싶지. 그런데 나는 내가 원하는 걸 포기하면서까지 그러고 싶진 않아. 부모님도 아마 그걸 원하시지 않을 거고."

그의 부모님마저 원망스러웠다. 준우 부모님은 대체 뭘 잡수시고 이런 애를 낳으셨을까? 왜 준우를 대책 없이 내버려 두실까?

준우가 입술을 굳게 다문 내 얼굴을 들여다보며 말했다.

"힘든 거 알아."

"네가 알긴 뭘 알아?"

어깨 위에 올라오는 준우의 손을 뿌리쳤다. 내가 생각하는 에로스적 사랑의 핵심은 배타성이었다. 상대를 나 아닌 다른 것으로부터 분리시키는 일, 내게만 집중하도록 만드는 일, 나만 바라보고 나만 의지하고 나만 원하게 만드는 일. 상대를 향한 헌신과 배려의 배후에 깔린 음모는 바로 그런 것이었다. 하지만 준우는 좀처럼 장악되지 않았다. 하는 걸 보면 분명 나를 좋아하긴 하는데, 내가 아니면 안 된다는 간절함은 보이지 않았다. 내가 이제 사르트르나 슈뢰딩거까지 질투해야 하나, 자괴감마저 들었다.

"그래, 잘 모르는 것 같네. 공부보다 네가 더 어려운 것 같아."

준우가 바닥을 내려다보며 한숨을 쉬었다. 평소와 다른 깊은 한숨 소리에 가슴이 철렁 내려앉았다. 이제 감정이 식은 걸까.

"그만하고 싶으면 그만하고 싶다고 말해. 이렇게 애매하게 돌려서 말하지 말고."

내 감정을 정제된 말로 표현할 수도 있었다. 불안하고 힘들다고. 나와는 다르게 태연한 너를 보니 섭섭하기도 하고 화가 나기도 한다고. 하지만 연애는 그렇게 하는 게 아니었다. 이건 심리 상담이 아니니까. 그럴 거면 다 때려치워! 이렇게 말해야 연애였다. 불꽃을 튀겨야 했다. 그 불꽃이 관계를 홀랑 태워 버릴 위험을 품고 있음에도 불구하고 불꽃을 터뜨려야 했다. 연애는 원래 그렇게 반짝반짝한 것 아니던가.

"그게 무슨 말이야. 그만하고 싶다니."

"연애 그만두고, 너 하고 싶은 공부 실컷 하라고."

"나도 이런 선택이 쉬운 거 아냐. 나 역시 불안하고 힘들지만 가는 길이라고."

"좋겠다, 넌. 그런 길을 갈 수 있어서. 너 자신을 위한 선택을 할 수 있어서 좋겠어."

"그런 식으로 말하지 마. 너야말로 자유를 감당할 자신이 없어서, 선택에 따른 책임이 무서워서, 엄마 핑계 대는 거 아냐?"

"아주 철학자 나셨구나. 잘났어, 정말. 그만두자. 이렇게 수준 차이가 나는데 우리가 더 만날 수 있겠니. 그만 만나."

말을 뱉고 나자 엄마가 자주 하는 '너 잘났다'라는 말을 나도 하고 있다는 것을 깨달았다. 방금 한 말 취소라고 말하기 위해 입술을 깨무는데 준우가 굳은 표정으로 물었다.

"진심이야?"

"내가 언제 허튼소리 하는 거 봤어?"(제발 많이 봤다고 얘기해 줘.)

몸과 마음이 계속 대책 없이 어긋나고 있었다. 어떻게 바로잡아야 할지 난감하기만 했다. 준우는 대답 없이 길게 한

숨을 내쉬었다. 초조해졌다. 내 속에서 많은 변화가 일어나고 있었지만, 그것을 설명할 길이 없었다. 설명할 길이 없으면 참아야 했다. 하지만 참아야 한다고 해서 참을 수 있으면 내가 아니었다. 기어코 나는 이별을 선언했다.

"아, 이제 연애도 못 하겠다. 그만할래. 연애도 휴학이야!"

자리를 박차고 일어나 앞으로 걸어 나갔다. 준우가 쫓아와 잡진 않을지 신경 쓰면서도, 그래 주길 기대하면서도, 뒤를 돌아보지 않았다. 내 뒤에서는 끝까지 아무 일도 일어나지 않았다. 거센 불꽃이 튀긴 했는데 반짝거림 없이 시커먼 재만 남은 기분이었다.

3장

빛나는 어둠

1

내 호기로운 선언은 곧 나를 무겁게 짓눌렀다. 마음이 텅비다 못해 허전함의 무게에 압사할 것만 같았다. 당황스러운감정이었다. 전 남자 친구들이 왜 한밤중에 '자냐'는 문자를보냈는지 이해할 지경이었다.

준우와 머리 스타일이 비슷한 사람만 봐도, 체형이 닮은 사람만 봐도 가슴이 쿵 내려앉았다. 이게 그리움일까. 헤어지고나서 오히려 준우에게 점령당한 꼴이 됐다. 준우에게선 연락이 없었다. 나는 패닉에 빠졌다. 마치 공기를 이루는 입자의작은 분자 구조 하나가 바뀌어 버려 이전처럼 숨 쉬지 못할 것 같은 기분에 사로잡히기 일쑤였다. 그럴 때면 공포에 질려, 하던 일을 멈추고 숨을 골라야 했다. 길을 걷다 멈춰 서서 후드득 눈물을 쏟으면서도 쿨하지 못하게 이게 뭐 하는 짓이냐고 중얼거리는 등 자기 분열적인 상황을 연출하기도 했다.

곧 준우 소식이 들려왔다. 군 휴학계를 내고 자원입대를 했다는 소식이었다. 무안할 만큼 조용한 마무리였다. 한번 잡지도 않고, 닿을 수 없을 곳으로 훅 가 버리다니, 어떻게 이럴 수 있지. 사람이 어떻게 이렇게 미련과 집착 없이 깔끔할 수 있지? 겉모습과는 다르게 독종이었나. 분했고 어째선지 억울하기까지 했다. 이게 다 요가 때문인지도 몰랐다. 망할 놈의 조화와 안정.

준우가 들어간 훈련소를 알아냈다. 훈련소 홈페이지에 들어가면 신병 사진을 볼 수 있다고 했다. 당장 컴퓨터를 켜고 홈페이지에 접속했다. 상단 바에 신병 찾기 아이콘이 있었다. 아이콘을 클릭한 뒤 준우의 이름을 입력했다. 이제 엔터만 누르면 됐다. 엔터 하나만 누르면 사진으로나마 준우의 모습을 볼 수 있었다. 하지만 결국 엔터를 누르지 않은 채로 창을 닫았다. 준우를 보고 싶은 마음보다 그 정도로 지질한 내 모습을 확인하고 싶지 않은 마음이 더 컸다.

술을 자주 마셨다. 엄마 몰래 방에 캔 맥주과 팩 소주를 숨겨 놓고 마셨다. 캔을 따서 몇 모금 마신 뒤 캔 구멍에다가 소주를 부어 나머지를 마셨다. 빈 캔과 팩은 검은 비닐봉지에 담아 집 밖으로 나갈 때 버렸다. 알바가 끝나면 학교 근처를 어슬렁거리며 술자리를 찾았다. 누구와 마시는지는 중요하지 않았다. 얼마나 마시는 분위기인가가 중요했다. 정신이 느슨해질 때까지 술을 마셔야 직성이 풀렸고 그렇게 집에 들어가면, 몸을 가누지 못하는 상태에서도, 엄마가 보내오는 분노와 멸시와 한탄이 총알처럼 날아와 박히는 게 느껴졌다. 집에 들어가기 싫어 술자리가 끝날 즈음엔 한 잔만 더 하자고 사람들을 졸랐다. 물론 집에 늦게 들어갈수록 감당해야 할 부담은 더 커졌다. 나 죽는 꼴 보고 싶냐는 엄마의 자살 협박까지 들어야 했으니까.

시간이 남아돌았다. 아침에 눈을 뜨면 내 앞으로 쏟아지는 시간의 양에 당황하며 도로 눈을 감았다. 내 방은 뜨는 해와는 무관하게 늘 어둑했다. 감았던 눈을 다시 뜨면 정오가 넘은 시각이었다. 하루의 절반은 지나갔다는 생각이 들어야만 이불 밖으로 나올 수 있었다. 자연히 밤에는 쉽게 잠들 수 없게 돼 버렸다. 책이고 뭐고 다 싫었다. 방 안에 묽게 퍼진 어둠 속에서 눈을 감았다 뜨기를 반복하며 벽 너머로 무슨 소리가 들려오나 모든 감각을 청각에 집중해 보기도 하고, 타인을 대하듯 두 손으로 몸을 쓸어 보다가 그것도 곧 피로해져 옆으로 누워 웅크린 채 끙끙거리는 밤을 보냈다.

윤지 선배에게 연락을 하면 거의 항상 걷고 있었다.

"또 걸어요?"

선배는 비슷한 말로 응수했다.

"넌 또 누워 있고?"

그럴 거면 그냥 나오라는 선배의 말에 나는 마지못한 척 따라나섰다. 북악산 자락, 부암동 일대, 낙산 공원과 이화 마을 등 여러 곳을 돌아다녔다. 초록 일색이던 나뭇잎들이 어느새 제각각의 색으로 물들고 있었다. 어떤 건 노랗게, 어떤 건 붉게, 어떤 건 초록 그대로.

윤지 선배는 자기를 서울 촌놈이라고 했다.

"나는 서울이 답답해. 그래서 이렇게 돌아다니지 않곤 못 배기나 봐."

선배 덕분에 나는 서울을 속속들이 알게 되었다. 광화문에서 청계천을 따라 중랑천이 만나는 지점까지 걸었던 날에는 중간에 다리가 풀려 버렸다.

"더는 못 걷겠어요. 난 여기서 포기."

"좀만 더 걸어 봐. 그 고비만 넘기면 돼."

뒤돌아보는 윤지 선배의 이마에도 땀이 송골송골 맺혀 있었다.

"할 수 있어."

선배는 그렇게 말하곤 다시 앞을 향해 걸었다. 할 수 있어. 흔하고 단순한 말이지만 실제론 별로 들어보지 못한 말이었다. 네가 뭘 한다고 그래? 그래 가지고 뭘 할 수 있겠어? 내게 익숙한 말들은 그런 거였다. 한 발짝도 못 걷겠다 싶었는데, 다시 걸음이 떼어졌다. 알 수 없는 힘이 나를 이끌어 주는 듯한 느낌이었다.

드디어 청계천과 중랑천이 합류하는 지점을 마주했다. 살곶이 다리 근처에 있는 벤치에 앉아 종아리를 주물렀다.

"다 왔다. 뿌듯하네요. 내일 제대로 걸어 다닐 수 있을진 모르겠지만."

"애썼어."

선배는 그렇게 말하고 시선을 멀리 던졌다.

"뭘 그렇게 봐요?"

"여기서도 보이네. 저기 멀리, 우리 아빠 입원하신 병원 건물."

"선배 아빠는 좀 어떠세요?"

"병원에서는 늘 최악만 얘기해."

선배의 속눈썹이 가늘게 떨리고 있었다.

"우리 아빠, 말로는 국가를 위해 산다고 하셨지만, 실제론 자기만을 위해 사셨던 걸까? 아니면 사람들이 이제 아빠랑 엮여서 좋을 게 없다고 생각하는 걸까? 문병 오는 사람도 별로 없어."

"선배는 앞으로 어떡할 생각인데요?"

"모르겠어, 나도."

선배는 깍지를 끼고 기지개를 켜며 말했다.

"나도 어딘가엔 쓸모가 있겠지. 이렇게 두 다리 튼튼한데. 뭘 할지 아직 알 수 없지만 소진되는 일 말고, 뭔가 가슴이 채워지는 일을 하고 싶어. 나만을 위한 게 아닌 일, 그런 일을 찾아볼 거야."

"멋있다. 진짜 인정."

서쪽 강변으로 분홍빛 노을이 깔리고 있었다.

"맞아. 나 멋있어."

이런 말을 아무렇지 않게 하는 사람이 실제로 있다는 게 신기했다.

"선생님, 저 휴학했어요. 그래도 상담받을 수 있어요?"

"그럼요. 상관없어요. 그런데 갑자기 큰 결정을 내렸

네요."

"남자 친구와도 헤어졌어요."

나는 숙제를 해치우듯 빠르게 근황을 늘어놓았다.

"음."

상담사는 턱을 잠깐 들었다 내리며 짧은 입소리를 냈다.

"왜 헤어졌어요?"

"안 맞아요. 걔랑 저는 달라도 너무 달라요."

"서로 달라서 좋았던 거 아니었어요?"

맞다, 그랬었다. 나는 할 말을 잃었다. 우리는 왜 헤어진 걸까.

"연애 얘기 좀 해 볼까요? 남자 친구 얘기도 좋고."

상담사가 자세를 고쳐 앉으며 물었다. 내 얘기를 들을 만 반의 준비가 되었다는 신호였다.

"사랑받는 느낌 때문에 연애를 자주 했던 것 같아요."

"사랑받는 느낌, 중요하죠. 사람마다 받고 싶은 사랑의 크 기도 다 다르고요."

"전 아빠를 닮았는지 크기가 좀 큰가 봐요. 연애하지 않을 때의 허전함을 견디는 게 힘들어요. 연애를 시작하면서 그동 안 제가 감정을 억누르고 살았다는 걸 알게 됐어요. 연애하 니까 온갖 감정이 폭발하더라고요. 그 감정을 나눌 상대가 있다는 게 처음엔 단순히 좋았던 거 같아요."

그러면서 한편으론 불안했다. 거절당하고 싶지 않아 먼저 좋아하거나 먼저 다가가지 않았고, 사귀더라도 상대가 나를 좋아하지 않을까 봐 전전긍긍하면서 내 모습을 다 보여 주지 않으려 애썼다. 연애하면서 중요한 것은 내 마음보다 상대가 나를 얼마나 좋아하는지에 있었다. 그걸 확인하고 싶은 마음은 관계를 빠르게 진전시켰다.

"성관계는 사귀고 얼마나 있다가 가졌나요?"

"사귀고 나면 거의 금방 가졌던 거 같아요."

불안은 연결되고 싶다는 욕망을 부추겼다. 하지만 연결되고자 하는 몸짓만큼 어디에도 연결될 수 없다는 확인을 강하게 주는 것은 없었다. 관계는 어찌해 볼 수 없는 막막한 단절감 속에서 이뤄졌다. 쾌감은 순간의 공허감만을 채우며 잠시 켜졌다가 사그라들었다.

나는 달아오른 관계가 식어 갈 때쯤이면 습관처럼 헤어지자고 했다는 말도 꺼냈다.

"자꾸 헤어지려고 했던 것도, 그 과정에서 제가 중요한 사람이 된 것 같은 기분이 들어서였어요."

나를 붙잡으려는 상대의 모습을 보면 얼마나 날 원하면 저럴까 싶었다. 나는 그런 식으로 사랑을 확인했던 것이다. 내

가 얼마나 상대를 괴롭혀 왔는지 이제야 알 것 같았다. 만나
는 동안 헤어지자는 말로 상대를 긴장시키며 내 곁에 매어 두
다가 결국 먼저 떠나곤 했다는 것을. 사랑받고 싶어 했으면
서도 결국 상대의 마음을 불신했다는 것을.

"내가 나를 괜찮고 중요한 사람이라고 인정해 주지 못하면
그 인정을 외부에서만 찾게 되죠. 그 과정에서 사실 가장 괴
로운 건 자기 자신이고요."

상담사가 말했다.

상대를 괴롭히는 것도 모자라 나는 나까지 괴롭히고 있던
걸까. 내 마음도 수습하기 어려워 다른 사람 마음을 들여다
보지 못했던 나를 마주하니 얼굴이 뜨거워졌다.

준우는 다른 사람들과는 달랐다. 내 감정적인 도발에도 큰
반응을 보이지 않는, 내 마음대로 되지 않는 사람이었지만 이
상하게 안정감을 주었다. 어쩌다 보니 준우에게는 감추지 못
한 있는 그대로의 내 모습을 많이 보였다. 그래도 한결같은
준우를 보면서 나는 편안함을 느꼈다. 애써 꾸미지 않아도
됐다. 나도 모르는 사이 준우의 마음은 믿게 된 것 같다. 하지
만 준우 입장에서는 나를 감당하는 게 힘들었을 것이다. 결
국 준우와의 이별 역시 내 불안이 자초한 일이었다.

이별이 이렇게 힘든 적도 처음이었다. 그동안은 만나다 헤

어져도 끝이 있어야 새로운 시작이 있는 거라며 대수롭지 않게 넘겼었다.

"누가 떠나서 상처받은 적이 있나요?"

내 얘기를 들은 상담사가 물었다.

"아뇨, 늘 제가 먼저 떠나서."

그러나 순간, 잊고 있던 기억이 떠올랐다. 송곳처럼 푹 찌르며 들어오는 기억이었다.

"아!"

나는 정말 날카로운 것에 찔린 사람처럼 짧게 소리쳤다. 내 반응을 보고는 상담사의 눈이 커졌다. 내가 무슨 얘기를 더 해 주길 기다리는 눈치였다.

"아무것도 아니에요. 별로 얘기하고 싶지도 않고요."

"억지로 얘기하지 않아도 괜찮아요. 이해해요."

상담사는 테이블 위의 두 손을 모아 쥐며 말을 이었다.

"다만 복잡한 감정이 떠오르는데 누르고 싶다면, 아직 해결되지 않은 감정이기 때문일 거예요."

상담사는 정말 밀당의 달인이었다. 나는 괜히 청승스러울까 봐 덮어 두려 했던 기억을 자신도 모르게 또 술술 꺼내 놓기 시작했다.

2

일곱 살쯤이었을 것이다. 떠나는 엄마를 붙잡으려고 달렸던 때가.

당시 우리는 호산시에서도 외진 산골 마을에 살고 있었다. 외조부모가 살던 작고 낡은 집이 거기 있었다. 외갓집은 엄마가 어렸을 때만 해도 제법 잘살았다고 했다. 하지만 외할아버지가 노름에 맛을 들인 후론 걷잡을 수 없이 살림이 쪼그라들었다고 했다. 땅을 야금야금 팔아 치우고 나중엔 집을 줄이고 줄이다가, 결국 그 집에 들어가 살게 되었다. 팔려고 내놓아도 아무도 사지 않는 이 집이 결국 외할아버지의 단도박을 도왔다. 외할아버지는 도박을 끊고 삶의 의욕마저 잃더니 곧 돌아가셨다. 몇 년 뒤 외할머니까지 세상을 떠나자 삼촌들이 그 집을 허물려고 했다. 엄마가 우리가 들어와 살겠다며 삼촌들을 말렸다.

나는 그 집이 좋았다. 창틀과 문틀이 헐겁고, 이따금 개미와 쥐며느리가 방바닥을 기어 다녔지만 너른 마당이 마음에 들었다. 마당에서는 아무리 놀아도 지루하지 않았다. 무엇보다 흙이 단단하게 다져진 앞마당에 앉아 눈부시게 쏟아지는 볕을 쬐는 게 좋았다. 가끔 그 마당 위로 아빠가 집어 던진 머리빗이나 옷걸이가 날아드는 것만 빼고.

어느 날 쿵 소리가 나더니 누군가 마당에 주저앉듯 내려섰다. 엄마였다. 마당에서 흙 놀이를 하던 나와 현호는 놀라서 엄마를 바라봤다. 엄마는 옷자락을 한번 탁탁 털고는 빠른 걸음으로 대문을 향해 걸어 나갔다. 한 손에는 커다란 가방이 들려 있었다. 잠시 그 모습을 멍하니 바라보는데 방에서 아빠 목소리가 들렸다.

"은호야. 뭐 해? 가서 빨리 엄마 붙잡아!"

그 순간 깨달았다. 엄마가 지금 무엇을 하고 있는지를. 아빠 목소리에는 짜증과 함께 다급함이 묻어 있었다. 지금 생각해 보면 어처구니가 없다. 붙잡고 싶으면 아빠가 직접 붙잡지 왜 자식한테 시키나. 떠나려는 엄마의 의지를 꺾는 데는 자신보다는 아이들이 더 효과적이라는 걸 알아서였겠지만 비겁했다. 아빠에게 자식은 그저 급할 때 사용하는 도구였다. 도구처럼 쓰이는 일이 내게 지우기 힘든 상처가 될 수도 있다는 것을 상상할 만한 이타심과 지혜가 아빠에겐 없었다. 하지만 그때는 그런 생각을 할 겨를이 없었다. 마음이 급해져 서둘러 대문을 열고 뛰어나갔다. 엄마는 벌써 마을을 벗어나는 길목에 이르러 있었다. 엄마를 잡으려고 있는 힘껏

달렸다. 하지만 다리가 진흙탕에 빠진 것처럼 무거웠고 엄마의 뒷모습은 좀처럼 가까워지지 않았다. 소리를 질러 엄마를 불렀다. 내 목소리를 들었는지 엄마가 고개를 돌려 뒤를 바라보았다. 가지 말라고 소리 높여 애원했다. 나는 내 애원이 효과가 있을 거라고 믿었다. 그런데 엄마는 다시 고개를 앞으로 돌리더니 달리기 시작했다. 거절당하는 느낌은 그렇게 강렬하게 내 안에 새겨졌다. 그래도 포기할 수 없었다.

"엄마, 가지 마, 제발, 가지 마!"

팔다리를 허우적거리며 계속 소리쳤지만 울음에 받쳐 목에서 소리가 제대로 나오는지 확실하지 않았다. 달리기도 마치 제자리를 뛰는 것 같았다. 이대로 엄마를 잃을 거라는 두려움이 덮쳐 왔다. 눈물이 가득 차 일렁거리는 시야로 엄마의 모습은 자꾸 멀어졌다. 그 모습은 손톱보다도 작아지더니 끝내 고개 너머로 완전히 사라지고 말았다. 엄마가 떠나는 걸 막지 못했다는 무력감이 온몸을 짓누르며 찾아왔다.

겨우 몸을 움직여 다시 집으로 돌아왔을 때 현호는 마당에 주저앉아 땀을 삐질삐질 흘리며 울고 있었다. 아빠는 마루에 앉아 또 예의 그 표정으로 하늘을 올려다보고 있었고. 나 이제 어떡하나. 막막함이 가장 먼저 엄습했다. 두 발이 딛고 있는 작은 땅 말고 나머지 세상이 다 무너지는 것 같았다. 눈에 보이는 모든 게 뭉개지면서 흘러내렸다. 잠시 뒤 그만 좀 울라는 아빠의 호통에 정신을 차렸는데 그럼에도 세상은 무너지지 않은 채 그대로라 그건 또 얼마나 무섭던지 숨이 컥컥막혔다.

"지난 일인데, 떠올리기만 해도 힘드네요."

"부모로부터 버림받을지도 모른다는 생각은 말로 다 할 수 없을 만큼 큰 불안과 공포감을 불러일으키죠."

말만 했을 뿐인데 그 일이 다시 재현되는 것처럼 감정이 생생하게 되살아났다. 그날 이후로 누군가가 떠난다는 것은, 누군가에게 버림받는다는 것은 상상만으로도 숨 막히는 느낌을 불러일으키는 일이 되었다.

엄마가 집을 비웠던 기간이 며칠에 불과했는지 몇 달 동안이어졌는지는 기억나지 않는다. 누가 우리를 돌봤는지도 기억에 없다. 다만 기억나는 것은 그 시간 동안 숨을 낮게 쉬며지냈다는 것, 밤에는 서랍에서 꺼낸 엄마 옷에 코를 박고 잠들었다는 것이다. 현호는 밤에 자다가 경기하듯 깨어나 울곤했다. 배가 아프다고 했다. 홀쭉히 들어간 현호의 배를 손바닥으로 문질러 주면 쿨럭하고 거품 내려가는 기척이 느껴졌다. 희미한 어둠 속에서 다시 잠든 현호의 얼굴을 보고 있으면 코가 매웠다.

"엄마가 돌아왔을 때는 어땠나요?"

"살 것 같았어요. 너무 좋았죠. 그런데 화가 나기도 했어요. 어쨌든 우리를 버리고 갔었으니까. 어떻게 그럴 수 있었는지 이해할 수 없었고, 나를 이렇게 아프게 한 사람이라고 생각하니 원망스럽고 미웠어요."

"그 얘기를 엄마한테 했나요?"

"아니요. 그런 얘길 하면, 엄마가 싫어할까 봐. 그럼 또 떠날까 봐 못 했어요."

이렇게 말하고 나니 어린 시절의 나를 향한 연민이 가슴속에 차올랐다. 자기 연민이라면 딱 질색이었는데, 다스리기가 힘들었다. 목까지 찰랑거리는 감정의 에너지가 묵직해 목구멍이 터져 나갈 것 같았다.

돌아온 이후 엄마는 내게 살림을 하나씩 가르쳐 주었다. 보일러 작동하는 방법이라든가 쌀을 씻어 밥을 안치는 방법, 세탁기를 돌리는 방법을 알려 주었다. 장기적인 계획을 바탕으로 본인이 안심하고 떠날 수 있는 기반을 마련하는 것 같았다. 막연한 짐작이 아니었다. 엄마는 살림을 가르칠 때마다 이 말을 덧붙였다.

"엄마가 없으면 네가 엄마인 거 알지?"

우리가 말을 안 들을 때마다 너희 다 내버리고 떠나야겠다는 말도 자주 했다. 나는 그 말을 못 들은 척했다.

"왜 못 들은 척했어요?"

"왜냐면요, 엄마가 그럴 때마다 저는."

단번에 말이 이어 나오지 않았다.

"그럴 때마다 저는……."

뭔가가 목에 걸린 것 같았다. 숨을 크게 한 번 들이쉬고 내쉬었다. 내 입에서 무슨 말이 나오려고 이럴까.

"엄마가 저를……."

침을 한 번 삼킨 뒤 목에 걸린 말을 힘껏 밀어냈다.

"협박한다고 생각했어요."

나 자신도 구체적으로 의식하지 못했던 말이 튀어나오자 목울대를 꽉 메우고 있던 것도 터져 나왔다. 멍해진 귓속으로 울먹이는 내 목소리가 들렸다.

"협박하는구나……. 엄마가 나를 협박하는구나……."

엄마가 또 떠나는 일은 없었다. 하지만 그 후로도 나는 엄마가 날 버릴지 모른다는 불안을 떨쳐 버릴 수 없었다. 엄마가 떠나지 않도록 말 잘 듣는 착한 딸이 되어야 했다. 이제는 안다. 엄마에게 그 세월은 떠나 버리겠다는 생각을 칼처럼 품지 않고서는 견딜 수 없는 시간이었다는 것을. 엄마도 어쩔 수 없었으리라는 것을. 오죽했으면 그랬을까 싶다. 머리로는 안다. 엄마 입장에서는 그게 최선이었다는 것을. 엄마가 최선을 다해 우리 곁에 있었다는 것을.

"실제로 어땠는지는 중요하지 않아요. 자신이 어떻게 느꼈는지가 더 중요해요."

상담사의 말대로 버림받을지도 모른다는 불안, 그건 성인이 돼서도 이어졌다. 누구를 만나든 나는 사실과 무관하게 상대가 나를 떠날지도 모른다는 불안에서 자유롭지 못했다. 그리고 남겨질까 봐 두려웠다. 그래서 상대가 떠나기 전에 내가 먼저 떠나려고 했다. 이럴 거면 헤어지자고, 이제 그만해야겠다고, 연인의 불안을 자극했다. 나는 엄마가 내게 했던 행동을 똑같이 되풀이하고 있었던 것이다. 두 눈이 질끈 감겼다. 과거에 피어난 그늘이 현재까지 이어져 눈앞에서 캄캄하게 흔들리고 있었다.

3

하늘이 흐렸다. 손가락을 높이 들어 건드리면 빗물이 주르륵 쏟아질 것처럼 구름이 낮게 가라앉아 있었다. 상담실을 나와 학교를 빠져나가는 길에 윤지 선배의 전화를 받았다.

선배는 갑자기 지방으로 떠나게 됐다고, 만나서 인사 못 하고 가서 미안하다고 말했다.

"이렇게 갑자기요?"

"그렇게 됐어. 며칠 전에 아버지가 돌아가셨거든."

"아……."

우리 나이에 부모상을 당하는 사람은 흔치 않았다. 어떻게 대답해야 할지 몰라 탄식만 뱉다가 물었다.

"왜 연락 안 했어요? 장례식장에 갔어야 했는데."

"손님 안 부르고 가족들끼리만 했어. 상황이 그렇잖아."

뇌출혈로 의식 불명이 되었어도 뇌물을 받았다는 비난 여론은 가라앉지 않고 있다는 기사를 읽은 것 같았다.

"지방 어디로 가는데요?"

"아무튼 나중에 연락하자. 잘 지내고."

전화가 끊겼다. 아무리 담담한 척해도 선배의 목소리에서는 슬픔이 느껴졌다. 내가 쉽게 짐작할 수 있는 마음일 것 같지 않았다.

문득 엄마가 보고 싶어졌다. 이따 집에서 만날 테지만 지금 당장 엄마가 일하는 모습이라도 보고 오고 싶었다. 엄마가 일하는 가게는 학교에서 약간 떨어진 근린공원 근처에 있다고 했다. 북쪽 방향으로 이어지는 대로를 따라 걷다가 둘

레길 산책로로 진입하는 길목으로 들어서자 근린공원이 나타났다. 공원은 자그마했다. 느티나무 아래로 벤치 네 개가 나란히 놓여 있었고 화단을 따라 늘어선 실외 운동 기구 위에 선 두세 명의 사람들이 운동하고 있었다.

공원 근방을 조금 헤매다가 고깃집 간판을 발견했다. 돼지 그림이 그려진 가게 유리창 앞으로는 그을음이 낀 숯통과 이파리를 축 늘어뜨린 화분들이 줄지어 놓여 있었다. 나는 가게 근처 전봇대에 몸을 숨긴 채 유리창 너머로 엄마의 모습을 찾았다. 곧 머릿수건과 앞치마를 두른 엄마가 나타났다. 엄마는 소주와 맥주가 담긴 쟁반을 들고 연기가 피어오르는 테이블 사이를 오가고 있었다. 세 테이블을 차지하고 앉은 손님들 중 몇은 불콰한 얼굴로 뭐라고 떠들고 있었다. 엄마는 손님들이 뭐라 말을 걸면 눈썹을 구부렸다 폈다 하면서 대꾸하기도 했다. 이렇게 조금 떨어져서 엄마를 바라보니 불현듯 엄마가 예뻐 보였다. 하지만 당장이라도 사그라들 것처럼 아슬아슬하기도 했다. 엄마는 그 사실을 아는지 모르는지 테이블을 닦고 불판을 가는 데에만 정신이 팔려 있었다.

이제 그만 돌아가기로 했다. 엄마 일하는 모습은 더 봐서 뭐 하려고. 돌아가는 길에 올리브영에 들러 마스크팩이랑 엄마 피부 톤에 맞는 코랄색 립스틱이나 사야겠다고 생각했다.

그런데 그 순간, 전봇대에서 한 걸음 물러나 등을 돌리려는 순간, 테이블에 앉아 있던 한 남자가 손바닥으로 엄마의 엉덩이를 쓱 문지르는 게 눈에 들어왔다. 동시에 엄마의 몸이 휙 돌아갔다. 엄마의 황망한 얼굴이 내 쪽을 향했다. 나는 얼른 등을 돌려 달리기 시작했다. 서두른 나머지 전봇대에 발가락을 세게 찧었지만 멈추지 않고 속도를 높였다. 머릿속으로는 영상이 펼쳐졌다. 가게 안으로 뛰어 들어간 내가 그 새끼 손바닥을 고기가 익고 있는 불판 위에 올려놓고 지지는 영상이었다. 하지만 몸은 가게 반대편으로 달리고 있었다. 골목을 빠져나오다가 대로변에서 튀어나오는 오토바이와 부딪칠 뻔했지만 멈춰 설 수 없었다. 주변의 건물들이 양옆으로 휙휙 지나갔다. 바람이 뺨을 때리듯 볼을 스치고 지나갔다. 뭔가가 어깨에 닿았고 누군가 내 뒤통수를 향해 "뭐야, 씨발!" 하고 외쳤지만, 속도를 줄일 수 없었다. 카페 앞에 도착하고 나서야 다리가 멈췄다. 가슴팍이 아프도록 심장이 뛰었다.

"늦은 것도 아닌데 왜 이렇게 헐레벌떡 뛰어 들어와?"

사장이 물었다. 카페 문을 열고 들어가자 땀이 식으며 몸이 떨렸다. 후회하지 않기로 했다. 이게 최선이라고 속으로 중얼거렸다. 남자한테 능욕당한 것도 모자라 그 광경을 딸한테 보였다는 수치심까지 엄마가 느끼게 할 수는 없었다.

"요즘 이상해, 은호 씨. 얼굴에 통 생기도 없고, 준우 씨도 안 보이고. 둘이 무슨 일 있는 거야?"

사장은 웬일로 책을 보고 있었다. 나는 숨을 고른 뒤 대답했다.

"헤어졌어요."

"진짜? 웬일이야. 자기가 찼지? 자기 진짜 매정한 거 알아?"

커피가 당겼다. 드리퍼에 필터를 끼우고 원두 가루를 채운 뒤 드립 포트의 물을 부었다. 코끝에 닿는 커피 향과 천천히 추출되는 커피 방울의 모습에 마음이 조금 진정됐다.

"연애를 무슨 정으로 해요?"

"그건 은호 씨가 몰라서 하는 소리야. 아무리 남녀 사이라 해도 사람 사이는 다 정이거든. 자기, 연애에 쿨한 것처럼 구는 것도 정드는 게 무서워서 그러는 거 아냐?"

준우와는 이미 정들었던 것 같다고, 정드는 거 정말 무서운 일인 것 같다고 우는소리가 나오려는 걸 참고 말했다.

"사장님은 역시 연애 도사구나."

"그럼, 연애에 관한 건 다 물어보라고. 내가 무료로 상담해 줄게."

"사장님은 애인이랑 어떻게 만났어요?"

"소개팅 앱 있잖아. 그걸로 만났지."

맥이 탁 풀렸다. 커피는 쓰기만 했다. 이번에 납품받은 원두는 품질이 좋지 않았다. 필터를 구겨 쓰레기통에 넣었다.

"사장님."

"응, 왜?"

"우리 엄마도 사장님처럼 살면 얼마나 좋을까요?"

"그게 무슨 말이야? 자기 엄마가 어떻게 사는데?"

"그냥 좀 답답하게 살아서요."

내 얘기를 듣던 사장은 보던 책을 덮었다.

"어떻게 답답하게 사는데?"

"근데 그건 무슨 책이에요?"

길게 설명할 기운이 없어 말을 돌렸다. 사장이 보고 있던 것은 바리스타 자격증 책이었다.

"자격증 좀 따 보려고 했는데 나는 이제 암기가 안 되네. 이거 자기가 한번 따 볼래? 자기 커피 좋아하잖아. 커피 맛에도 예민하고. 휴학해서 시간도 많지 않아?"

누구 좋으라고 내가 돈 들이고 시간 들여서 자격증을 따냐고 투덜대자 사장이 말했다.

"자격증 따는 데 드는 비용은 내가 지원해 줄게."

한번 생각해 보겠다는 내 대답에 사장은 책을 내 가방 속으로 쑥 집어넣었다.

"은호 씨한테는 별거 아닐 거야. 아무렴. 내가 알지."

다른 날과 다르게 카페에 손님이 뜸했다. 손이 한가해지자 괜한 짜증이 밀려왔다. 준우가 자주 앉아 있던 테이블 쪽으로 자꾸 눈이 갔다. 오늘은 왜 손님도 없냐고 투덜대자 사장이 매출 걱정해 주는 거냐며 내 엉덩이를 두드렸다.

"아, 좀!"

나는 버럭 소리를 질렀다.

"아이, 깜짝이야. 미안, 안 할게."

사장이 두 손을 어깨 위로 번쩍 들어 올리며 사과했다.

"근데 자기야. 입술 좀 고만 깨물어. 피 나겠어."

알바를 마치고 나는 얌전히 집으로 향했다. 일을 마치고 돌아온 엄마는 여느 때와 같았다. 얼굴빛을 살폈지만, 그저 고단한 평소의 얼굴과 다를 게 없었다. 현관에 들어서자마자 양말부터 벗어 욕실에 던져 놓는 것도 똑같았다.

"엄마 왔어?"

내가 묻자 엄마는 웬일로 집에 일찍 들어왔냐며 내 이른 귀가를 비꼬았다. 맞다. 우리는 여전히 냉전 중이었다. 엄마와 나는 아무리 싸워도 화해라는 것을 해 본 적이 없었다. 화해 없이도 사이가 좋아졌다기보다, 화해 없이도 새로운 싸움을 시작할 수 있어서였다. 부모 자식 간의 싸움이야말로 칼로 물 베기였다(부부 싸움은 명백히 자식의 가슴을 벤다).

"발가락은 또 왜 그래?"

엄마가 내 발을 내려다보며 물었다. 엄지발톱에 빨갛게 피멍이 들어 있었다. 내 몸을 스캔하는 특수 센서라도 있는 것인지 엄마는 나한테 관심이 없는 것 같으면서도 너무 많았다.

"아, 이거?"

나는 얼른 대답을 하지 못했다. 엄마도 더 캐묻지 않고 조용히 중얼거렸다.

"하여튼 칠칠치 못하게."

"엄마 피곤하지? 내가 양말 빨아 줄까?"

"아우 왜 이래, 얘가? 가서 네 방이나 청소해."

엄마는 옆에서 알짱거리는 내가 귀찮다는 듯 손을 저었다. 엄마가 평소와 다르지 않아 다행이라고 생각했는데 달라진 게 없다는 건 이전에도 그런 일이 많았다는 뜻일 수도 있었다. 그리고 그건 앞으로도……. 나는 멍하니 서서 엄마가 옷을 벗으며 욕실로 들어가는 뒷모습을 바라보다 소리쳤다.

"팬티는 욕실 들어가서 벗으면 안 될까, 엄마?"

구인 구직 사이트를 뒤져 마트 계산원을 구한다는 채용 정보를 찾아냈다.

"엄마, 여기 괜찮은데? 집에서도 가까워."

마트 계산원 일도 만만치 않게 힘들겠지만, 적어도 추근거림에 쉽게 노출되는 식당 일보단 나을 것 같았다. 엄마의 반응은 시큰둥했다.

"엄마 숫자라면 질색인 거 몰라?"

"계산은 기계가 다 알아서 해 주는데 뭘."

"됐어. 골치 아픈 건 딱 질색이야."

"그럼 여긴 어때?"

아침 드라마 배경으로 나오는 프랜차이즈 설렁탕집에서 서빙 직원을 구하고 있었다. 술손님이 별로 없는 가족 단위의 외식 전문점이고 기부를 많이 해서 기업 이미지도 좋았다.

"4대 보험도 되고 일 년 일하면 퇴직금도 나온대. 여기 유니폼도 되게 이뻐."

"아가씨. 신경 끄세요. 내 일은 내가 알아서 할 테니 아가씨는 아가씨 앞가림이나 잘하세요."

엄마는 존댓말로 빈정거리며 내 모든 제안을 거부했다. 엄마가 인력 소개소와 연결된 종업원이 아니라 어딘가에 소속된 직원으로 일을 한다면 내 마음이 덜 괴로울 것 같았다. 엄마가 왜 이런 일자리를 다 마다하는지 이유를 알 수 없었다.

나는 엄마에게 보여 준 채용 정보들을 다시 살펴봤다. 혹시 이거 때문인가. 자격 요건에 적혀 있는 고졸이라는 단어가 눈에 들어왔다. 나는 말없이 인터넷 창을 내렸다.

4

며칠 뒤면 내 생일이었다. 생일이 다가오면 마음이 무거워졌다. 생일에 대한 나의 이미지는 내가 태어난 날이라기보다는 엄마가 나를 낳은 날에 더 가까웠다. 아마 엄마가 해 준 출산 이야기 때문일 것이다. 내게 직접 들려준 것은 두 번 정도인데, 엄마가 그 이야기를 남자들 군대 얘기하듯 주변 사람들에게 즐겨 하는 바람에 나는 거의 외우게 됐다.

임신 막달에 뭐가 잘못됐는지 내 다리가 자궁 입구 쪽을 향해 있었다고 한다. 그런 경우는 보통 수술하기 마련인데, 엄마에게는 자연 분만을 향한 의욕만 있었을 뿐 수술할 비용은 없다는 게 문제였다. 병원 측에서는 분만실에 들어가기 전에 각서를 내밀었다고 한다. 산모가 젊고 자연 분만에 의욕을 보이니 시도해 보긴 할 텐데, 혹시 아이가 잘못되더라도 책임을 묻지 않겠다는 약속을 하라는 거였다. 엄마는 비장한 각오 끝에 분만실에 들어가야 했다. 결과적으로 나는 무사히 태어났다. 엄마는 갓 태어난 나를 품에 안은 소회를 이렇게 밝혔다.

"애가 너무 작고 빨갛고 쭈글쭈글하고 털도 많아서 내가 낳은 게 사람 새끼인지 토끼 새끼인지 헷갈렸다니까."

이 대목이 되면 엄마의 목소리에는 약간의 자부심이 실렸다. 하지만 쉬운 출산이 아니었던 만큼 출혈이 심했다고 했다. 피를 세 봉지나 맞았지, 얼마나 피를 많이 흘렸는지…… 정도의 다소 간략한 언급이었지만, 그 이야기를 들을 때마다 내 머릿속에는 엄마의 아랫도리에서 흘러내린 피가 침대 시트를 적시고 바닥으로 뚝뚝 흐르는 이미지가 펼쳐졌다. 이제 막 태어난 토끼 새끼 같은 나는 그 피를 흠뻑 뒤집어쓴 채 살겠다고 죽어라 울고 있고. 엄마는 그 후로 피가 더러워졌다고 말했다. 은유적인 표현이 아니었다. 이 사람, 저 사람의 피가 몸에 들어와 섞여 이렇게 여기저기 아픈 거라고 했다. 실제 수혈 부작용이 있었는지 엄마의 기분 탓인지는 확실하지 않았지만 그 말을 들을 때마다 내 마음에는 빚이 쌓였다. 태어나면서부터 빚을 진 듯한 느낌이었다. 엄마와 내 관계를 채권 채무 관계로도 설명할 수 있을 것 같았다. 엄마에게 진 빚이 출산뿐이라면 다행일 텐데, 시간이 갈수록 이자가 복리로 쌓이는 게 문제였다. 생일을 맞으며 나이를 한 살씩 더 먹어 간다는 것은, 상환일이 그만큼 다가오고 있다는 뜻이기도 했다. 그러니 내 생일에 엄마 선물을 고르는 게 이상할 것도 없었다.

고심해서 고른 립스틱과 마스크팩을 엄마에게 건넸다.

"엄마, 한번 발라 봐."

엄마는 별말 없이 립스틱을 받아 들고 입술에 발랐다.

"어때? 색깔 괜찮아?"

거울 속 엄마 얼굴을 바라보며 물었다. 엄마는 대충 입술을 몇 번 맞댄 뒤 말했다.

"참, 이번 달 도시가스 요금 고지서 나왔니?"

고마워하는 반응은 애초에 기대도 안 했다. 엄마의 얼굴이 한층 화사해졌으니 그걸로 만족하기로 했다.

"몰라. 못 봤어."

"이번 주말에 시간 돼? 엄마 친구랑 같이 밥 먹을까 하는데."

뜬금없는 말이었다.

"엄마 친구?"

"응, 너 생일이고 하니까 맛있는 거 사 줄게."

"서울에 친구가 있었어?"

엄마가 친구라고 말한 사람은 식당의 단골손님이었다. 그러고 보니 전에도 몇 번 말한 적이 있었다. 한국과 일본을 오가는 사업가인데 성격이 좋고 똑똑하다는 말이 꼭 남의 집 자식 칭찬하는 소리로 들려서 한 귀로 듣고 한 귀로 흘렸던 기억이 났다. 엄마 또래일 줄은 생각도 못 했다.

약속 날, 앞치마와 머릿수건을 벗고 오랜만에 꼼꼼하게 화장한 엄마의 모습은 새삼 눈부셨다. 엄마는 청바지에 티셔츠를 입은 내게 다른 옷은 없냐고 했다.

"넌 왜 옷을 그렇게 입니?"

"왜, 이상해?"

"젊은 애가 옷 입는 게 볼품없이."

민망한 마음으로 거울에 내 모습을 비춰 봤다. 늘 입던 대로 입은 거라 뭐가 이상한지 알 수 없었다. 엄마는 자기도 마땅히 입을 옷이 없다며 쇼핑 먼저 하러 가자고 했다. 우리는 동대문으로 향했다. 엄마는 머메이드라인 스커트에 리넨 블라우스를 골랐고, 나는 잔꽃 무늬 원피스를 골랐다. 새 옷을 입으니 기분이 달라졌다. 그간 엄마와 다퉜던 날들이 먼 과거로 밀려나는 것도 같았다. 나는 엄마의 팔짱까지 꼈다.

버스를 타고 도착한 약속 장소도 근사했다. 실내 중앙에 커다란 물레방아 연못이 있는 고급 일식집이었다. 가게에 들어서자 단정하게 옷을 맞춰 입은 직원들이 허리를 숙여 우리에게 인사를 했다. 엄마와 나는 엉거주춤 고개를 숙였다. 직원이 안내하는 대로 홀 안쪽으로 들어가자 테이블에 앉아 있던 중년 남자가 일어나서 우리를 맞았다.

"왔어요?"

남자는 엄마에게 인사를 건넨 뒤 곧장 내게 몸을 돌렸다.

"얘기 많이 들었어요. 공부하느라 고생이 많다면서요. 엄마 친구 배유식이라고 합니다."

그러곤 내게 악수를 청했다. 나는 잠시 머뭇거리다가 그가 내민 손을 슬쩍 잡았다. 태어나 처음 해 보는 악수였다. 이런 격식 있는 인사를 나눌 기회가 지금까진 없었다. 당황스럽긴 해도 어엿한 성인 대접을 받는 것 같아서 기분이 괜찮았다. 그것보다 당황스러운 것은 엄마 친구가 남자라는 사실이었다. 나는 '남자 친구였어?'라는 의미를 담아 눈썹을 들어 올리며 엄마를 쳐다봤다. 엄마의 시선은 수줍은 듯 아래를 향하고 있었다. 그동안 내가 괜한 걱정을 한 모양이었다. 엄마에게도 은근 앙큼한 구석이 있었다.

그는 배도 좀 나왔고, 디테일이 살아 있는 아빠의 이목구비에 비하면 대충 빚어 놓은 질그릇 같은 외모였지만 말쑥한 정장 차림에 말투와 자세에서 흐르는 품위와 매너가 외모의 아쉬움을 보충해 주고 있었다. 아저씨는 엄마가 자리에 편히 앉을 수 있도록 의자를 당겨 주더니 서빙이 시작된 후로는 엄마가 음식을 갖다 먹기 쉽도록 섬세하게 그릇을 배치해 주었다. 종업원을 대하는 태도도 정중했고 목소리도 점잖았다. 거기다 날 위해 준비한 거라며 작은 케이크와 앙증맞게 포장된 향수까지 꺼내 놓았다. 품위와 매너를 넘어 센스까지 겸비한 사람이었다.

엄마는 내게 아저씨가 공부를 많이 한 사람이라는 점을 강조했다. 일본으로 유학을 가 대학을 졸업했고, 지금은 반신욕 문화를 널리 전파하기 위해 노력하고 있다고 했다(따지고 보면 일본의 반신욕 기기를 한국에 들여와서 파는 일이었다). 아저씨는 엄마에게 자신이 하는 일을 같이해 보자고 제안했다고 했다. 엄마가 어찌나 도도하신 분인지 설득하는 데 아주 힘이 들었다고 말하며 호쾌하게 웃었다. 식사 내내 엄마는 차분하고 우아한 모습을 보였다. 집에서와 밖에서의 모습이 달라도 너무 달랐지만, 나는 그런 엄마의 모습을 모른 척 눈감아 주었다. 어쨌건 지금 우린 한편이었다.

식사를 마치고 집으로 돌아오는 길에 엄마한테 아저씨에게 가족이 있는지를 물었다. 엄마의 말에 따르면 아저씨는 젊었을 때 결혼을 하긴 했는데, 부인이 낭비벽이 심해 이 년

만에 이혼했고 아이는 없는 상태라고 했다. 나는 속으로 쾌재를 불렀다. 일이 이렇게 알 수 없는 곳에서 쉽게 풀릴지는 몰랐다.

엄마는 곧 식당 일을 그만두고 아저씨 밑에서 일을 시작했다. 반신욕 사업은 일본과 국내 각지를 돌아다니는 일이었다. 엄마는 자주 집을 비웠다. 집에 들어오지 못할 때마다 엄마는 내게 전화를 걸어 밥 잘 챙겨 먹고 문단속 잘하라고 말했다. 뭐 이런 낯간지러운 말을 하나 싶었다. 통화하는 모습을 옆에서 아저씨가 보고 있을 게 뻔했다. 마치 딸의 환심을 사고 싶어 하는 새엄마 같았다. 나는 새엄마의 딸내미가 된 기분이, 아니 따스한 말로 서로를 염려하는 평범한 모녀 관계가 어색하고 낯설었다. 그래도 호흡을 맞춰 새엄마의 고분고분한 딸처럼 굴어 보려고 했다. 길게 가진 못했다. 보통은 알았어, 알았다고, 내가 알아서 할게, 하며 전화를 끊었다. 한편 호텔에서 잠을 자고, 비행기를 타는 엄마의 삶이 반가웠다. 믹스 커피만 마시던 엄마가 호텔 라운지에 앉아 아메리카노를 즐기는 척하는 모습을 상상하면 웃음이 났다.

집에 돌아올 때면 엄마의 가방과 구두는 바뀌어 있었다. 번듯한 가방을 들고 질 좋은 구두를 신은 엄마는 사뭇 달라

보였다. 피부도 좋아진 것 같았다. 엄마는 반신욕의 효능이라고 했다. 반신욕이 여자들 사이에서 인기라고 했다. 헬스장, 산후조리원, 요양원 등 반신욕 기기가 안 들어가는 곳이 없다고. 엄마가 하는 일은 반신욕의 효능과 반신욕 기기가 매출에 끼치는 영향을 각 사업장에 설명하는 것이었는데, 싸구려 물건이 아니라 고급 기기여서 사업 파트너로 대우받는다고도 했다. 엄마가 통화하는 걸 곁에서 들어 보면 간단한 일본어 회화도 할 줄 아는 것 같았다. 내심 엄마가 일을 잘해 낼 수 있을까 걱정했던 나는 안심했다.

"우리 집에도 하나 들여놓으면 좋겠는데."

엄마가 집 안을 둘러보았다. 하지만 우리 집엔 반신욕 기기를 설치할 욕조도, 반신욕 전용 욕조를 들여놓을 만한 자리도 없었다.

"다음에 이사 가면 들여놔야겠다."

입맛을 다시며 말하는 엄마의 눈에서 의욕의 빛이 반짝였다. 그래 그거야, 엄마. 나는 속으로 힘찬 응원을 보냈다.

"아저씨는 잘 지내?"

"유식이 걔는 정말 베테랑이야."

엄마는 자꾸 유식이가, 걔가, 하면서 아저씨가 막역한 친구라도 되는 것처럼 말했다.

"그 자식 영업 수완이 대단하더라니까."

의도적으로 내게 아저씨와 자신은 친구 사이에 불과하다는 뉘앙스를 풍기려는 것 같았다. 하지만 나는 믿지 않았다. 싱글 중년 남녀가 함께 며칠씩 해외며 지방을 돌아다니는데 그냥 친구일 리 없었다.

5

독학으로 바리스타 자격증 필기를 합격하자 사장은 바로 바리스타 학원을 등록시켜 주었다.

"은호 씨, 이거 학원 수업 시간표야. 시간 잊지 말고 가야 해. 알았지?"

학원에 온 사람들은 고등학생부터 중소기업 사장님, 피아노 학원 선생님, 경찰관, 정년퇴직한 어르신까지 생각보다 다양했다. 필기는 문제 은행식 시험이라 암기만 잘하면 어렵지 않았지만(주입식 교육의 수혜를 받는 날이 올 줄이야), 실기는 은근히 까다로웠다. 에스프레소를 추출하는 모든 동작에 기준과 순서가 있었고, 동작 하나하나가 다 평가 대상이었다.

알바 하면서 수없이 많이 내린 커피였는데, 긴장했는지 처음에는 실수를 반복했다. 포터 필터를 끼우기 전에 헤드에 물을 흘려 주는 걸 깜빡하거나, 너무 많은 양의 커피를 추출하거나, 스팀 우유의 거품이 너무 거칠거나 하는 등 여러 감점 요인들을 마주했다.

하지만 순서를 머릿속으로 되새기고 시간제한 때문에 서두르기보다는 정확히 동작하려고 노력하자 차츰 익숙해졌다. 점점 커피 한 잔을 만드는 일이 하나의 의식처럼 느껴졌다. 호흡을 차분히 가다듬는 게 중요했다. 특히 카푸치노를 만들기 위해 우유 스티밍을 할 때 내 호흡의 상태가 적나라하게 드러났다. 호흡이 너무 짧으면 우유에 공기가 들어가지 않아 거품이 만들어지지 않았고, 호흡이 너무 늘어지면 우유가 너무 뜨거워지며 가열취가 났다. 긴장하지 않고 편안하게 집중할 때만 부드러운 벨벳 거품이 만들어졌다.

흡족하게 만들어진 커피를 앞에 두면 마음이 정갈해졌다. 마음속 불순물들이 커피를 내리면서 가라앉은 덕분이었다. 조화와 안정. 문득 준우에게 요가가 이런 느낌이었을까 하는 생각이 들었다.

바리스타 실기 시험에 합격한 날, 사장이 조각 케이크에 초를 꽂아 축하해 줬다.

"은호 씨, 고생 많았어. 이제 바리스타 됐으니 내가 시급 올려 줄게. 얼마나 올려 줄까?"

"아뇨, 시급 말고 이왕 지원해 준 거 좀 더 지원해 줘요. 더 배우고 싶은 게 있어요."

커피의 세계는 생각 이상으로 넓고 깊었다. 센서리, 브루잉, 로스팅……. 배우고 싶은 게 아직 많았다.

"얼굴이 밝아 보여요. 좋은 일 있어요?"

강의는 빠지기 일쑤였으면서, 휴학하고 나서도 상담실에는 꼬박꼬박 찾아가는 내 성실함이 놀라웠다. 아무런 사심 없이 내 생활에 관심을 기울여 주는 사람이 있다는 것은, 아무런 부채감 없이 내 마음을 주절주절 떠들 수 있는 시간이 주어진다는 것은 생각보다 커다란 위안이었다. 상담사의 입장에서는 쉽지 않을 것 같았다. 상대의 감정에 공감하면서 온갖 말을 들어 주는 일이 얼마나 고역인지는 나도 아는 바였다.

"선생님은 힘들지 않으세요?"

"모든 일이 그렇듯 힘은 들죠. 그래도 내담자들이 상담으로 위로받고 마음을 회복할 때면 뿌듯함을 느껴요."

상담을 하면서 자연스럽게 심리학 관련 책들이 눈에 들어오기 시작했다. 구체적인 형태가 없고 계속 변하는 마음에 과학적으로 접근하는 방식도 흥미로웠고, 그 접근 끝에 나온 이론들은 때때로 무릎을 치게 만들었다.

"심리학 책을 좀 읽어 봤는데 어렵긴 해도 재밌더라고요."

"이쪽에 한번 관심 가지면 읽을거리가 엄청 많을 거예요. 인간에 대해 끊임없이 공부해야 하는 일이거든요. 일을 하면서 인간적 성숙도 이룰 수 있는 셈이죠."

상담사의 내공이 괜히 쌓인 게 아니구나 싶었다.

"진로에 대해 여전히 고민이 많죠?"

"생각만 많고 뭘 해야 할지 모르겠어요."

엄마의 생활이 달라지자 마음은 한결 가벼워졌다. 이젠 나만 잘하면 된다는 생각이 들었다. 하지만 앞으로 착착 나아가는 엄마에 비해 나는 여전히 갈피를 잡지 못하고 시간만 흘려보내고 있었다. 누가 정해 주는 게 아닌 내 길을 스스로 찾아 가는 일이 막막하기만 했다.

"공무원 수험서를 좀 뒤적거리긴 했어요. 엄마에게 해 놓은 얘기도 있으니 집에 책이 좀 있어야 할 것 같아서 합격자가 중고 사이트에 올려놓은 전 과목 교재를 떨이로 샀거든요. 필기도 되어 있는 책이라 혹시 엄마가 펼쳐 봤을 때를 대비할 수도 있고요. 시험을 치르는 과정도 알아 둬야 할 것 같아서 시험도 한 번 봤어요. 네, 솔직히 까짓것 붙으면 그냥 공무원 하는 거지 뭐, 하는 심정이었어요. 하지만 경쟁률이 백 대 일이 넘는 시험에 요행으로 붙을 리 없죠. 엄마는 제가 꽤 열심히 하고 있다고 생각하나 봐요. 노골적으로 시험공부는 잘 돼 가는지, 시험 결과는 언제 나오는지 물어보기 시작했어요. 엄마 입장에선 지지와 관심일지 몰라도 제겐 압박과 독촉이에요. 엄마가 한 번씩 그럴 때마다 마음이 무거워져서 며칠은 도서관에 앉아 있게 되긴 하더라고요."

"마음이 조급해 보여요. 은호 학생이 자신 있고 좋아하는 분야는 뭘까요? 소소한 거라도 인정받았던 건요?"

"어렸을 때부터 저는 딱히 못하는 것도 잘하는 것도 없었어요."

지방 소도시에서 나는 공부, 미술, 음악, 체육 모두 그럭저럭 하는 편에 속했지만, 하나로 집중해서 계발시킬 정도로 잘하는 건 없었다. 종종 주변 사람들의 칭찬을 들어도 뭐 하나 자신 있는 게 없었다. 성적이 올라 상을 받아도 그때뿐이었다. 운이 좋았던 거라고, 나보다 더 잘하는 아이들은 많고 많다고 생각했다. 주어지는 것들을 쉼 없이 해내면서도 부족하다는 느낌을 지울 수 없었다.

"칭찬도 들었다면서 왜 자신을 부족하다고 생각한 거예요?"

"사실 집에서는 거의 칭찬을 듣지 못했어요. 이 정도는 해야지, 하거나 다음에도 잘하라는 말만 들었죠. 제 성적이 엄마 성에는 차지 않았나 봐요. 그러면서도 친척들이나 이웃들 앞에선 제 자랑을 늘어놓았어요. 평소에는 저를 깎아내리다가요. 그런 엄마의 모습을 보면 혼란스러웠어요. 그래도 자랑을 하는 엄마 모습이 즐거워 보여서 잘하려는 노력을 멈출 순 없었어요."

"엄마의 마음에 드는 딸이 되고 싶었나 봐요."

"네. 그러느라 제가 뭘 좋아하고, 뭘 하고 싶어 하는지 생각해 볼 여유가 없었어요. 칭찬과 인정을 받는 게 더 중요했던 거 같아요."

그때 테이블 위에 올려 둔 내 휴대 전화에서 진동이 울렸다. 진동을 끄는 내 표정이 어두워지는 걸 봤는지 상담사가 물었다.

"누군지 물어봐도 돼요?"

"아빠예요."

"받아도 돼요."

나는 아빠와 전화 통화를 거의 하지 않지만, 엄마는 서울에 올라온 후로도 아빠와 통화를 이어 갔다. 용건은 돈이었다. 내가 대학에 들어가기 몇 달 전, 엄마는 그동안 번 돈으로 호산시에 18평짜리 아파트 한 채를 마련했다. 엄마가 호산시를 떠나면서 아파트는 아빠 차지가 되었다. 떠날 때는 뒤도 안 돌아봤겠지만, 자신의 모든 노동이 집약된 아파트가 뒤늦게 아쉬워진 것도 당연했다. 엄마는 아빠에게 아파트를 당신이 차지했으니 다달이 30만 원씩 부치라고 요구했다. 하지만 아빠는 번번이 무시했다. 예상치 못한 일도 아니었을 텐데 엄마는 이게 뭐 하는 짓이냐고 매번 새롭게 분노하며 아빠와 싸웠다. 나 같으면 그렇게 싸우느니 아파트를 포기하고 아빠랑 엮이지 않을 텐데, 엄마는 포기하지 않았다. 서로 원수처럼 으르렁거리면서도 연락의 끈을 놓지 않는 그들이, 이해되지 않는 것을 넘어 신기할 정도였다.

평소라면 아빠 전화는 무시하고 받지 않았을 것이다. 하지만 어쩐지 이 순간만큼은 상담사가 내 백처럼 든든하게 느껴져서 통화 버튼을 눌렀다.

"여보세요."

"어, 나다."

"네."

"엄마가 전화가 안 되는데, 요즘 뭐 하나?"

"왜요?"

"왜긴 왜야. 잘 살고 있나 궁금해서 그러지."

지금 안부를 묻는 건가? 그럴 리 없었다. 아빠는 가족의 안부를 궁금해하지 않는 사람이었다. 오래전 집을 떠나 있을 때도 전화 한 통 하지 않았고, 엄마와 내가 서울에서 살기 시작한 후로도 잘 지내는지 물어 온 적 없었다. 왜 하필 엄마가 잘나가고 있는 지금 이런 걸 묻지? 덜컥 겁이 났다. 아빠는 나보고 학교는 잘 다니냐고도 물었다. 내가 입학을 앞두고 짐을 싸서 서울로 올라가는 순간까지, 없는 형편에 여자애를 서울로 대학 보낼 이유가 뭐가 있냐고 소리치던 아빠였다. 내가 대학에 올 수 있었던 건 공부는 무조건 많이 해야 한다는 엄마의 고집 덕분이었다.

"니 새끼도 너같이 무식한 인간 만들 거야? 난 내 새끼 너처럼은 안 만들 거야!"

엄마는 발악하듯 소리쳤다. 아빠는 대꾸했다.

"내가 왜? 내가 어때서? 나처럼만 크라 그래!"

그러고는 등록금은 모르는 일이라고 못을 박았다.

"누가 당신한테 등록금 달라고 할까 봐? 쌀값도 안 주는 인간한테 내가 자식 등록금을 기대할까 봐?"

엄마는 콧방귀를 뀌었다.

"진짜지? 나중에 딴소리하면 안 된다!"

다짐을 놓던 아빠의 부릅뜬 눈을 기억한다. 그랬던 아빠가 지금 내게 학교는 잘 다니냐고 묻다니 어이가 없었다. 전화 받은 걸 후회했다. 나는 지금 시험 기간이라 바쁘고 엄마는 식당에서 일하느라 정신없을 거라고 말한 뒤 서둘러 전화를 끊었다. 전화를 끊은 뒤에도 몸 안의 회로가 엉킨 것처럼 불쾌했다. 순도 높은 분노가 아니라 지저분한 불쾌감이었다.

통화를 마치자 잠시 상담실 밖으로 나갔던 상담사가 다시 들어와 의자에 앉으며 물었다.

"아빠와 동생은 잘 지내신대요?"

"네?"

그제야 나 역시 아빠와 동생이 어떻게 지내는지 신경 쓰지 않았다는 걸 깨달았다. 아빠는 그렇다 하더라도 현호는…….혼자 아빠를 견디고 있을 현호를 생각하니 갑자기 코가 시큰해졌다. 정말 엄마가 임신 중에 복숭아나무에서 떨어져서인지 현호는 공부를 못할 뿐 아니라 언제나 주눅 들어 있었다. 또래 아이들이 운동장에서 공을 찰 때 현호는 한쪽에 비켜서서 바라만 보고 있었고, 문방구에서 거스름돈을 잘못 받아도 주인에게 말을 꺼내지 못했다. 현호를 생각하면 늘 안타까움이 앞섰다.

"어렸을 땐 제가 동생을 많이 챙겼어요. 엄마는 일하느라 바빴고……. 제가 밥 챙겨 주고 준비물 챙겨 주고 학교에서 때리는 애들 있으면 쫓아가서 혼내 주고 그랬어요."

상담사가 나를 물끄러미 바라봤다. 나는 변명을 하고 있었다. 아무도 묻지 않았는데. 그런데도 말을 멈출 수 없었다.

"엄마 아빠가 싸우기 시작하면 저는 동생 귀부터 손바닥으로 막았어요. 부모님이 싸우는 소리를 들으면 현호가 팬티에 오줌을 지렸거든요. 초등학교 졸업할 때까지요. 그럴 때마다 엄마 모르게 제가 팬티를 빨아 줬어요. 나도 이렇게 괴로운데, 얘는 얼마나 힘들면 이럴까 싶더라고요."

아마 현호가 없었다면 타인에 대한 내 감수성은 지금보다 엉망이 되었을 것이다. 보살펴야 할 대상이 있어서 그때의 상황을 견딜 수 있었는지도 모른다. 한편 현호는 대책 없이 물러지고 말았다. 스스로 견디며 강해질 기회를 현호에게 주지 않고 오로지 내가 독점한 결과일 수도 있었다.

동생과 멀어진 건 내가 대학에 입학하면서부터였다. 서울로 떠나기 전날 밤, 짐을 싸는 내 모습을 물끄러미 바라보던 현호의 모습이 떠오른다. 그때 나는 나 혼자 이 지긋지긋한 집구석을 탈출한다는 것에 죄책감을 느꼈다. 하지만 처음만 괴로웠을 뿐 죄책감은 금세 무디어졌다. 서울에 올라온 후로는 집에 신경을 쓰지 않았다. 현호도 이제 클 만큼 컸다고 생각했다. 가슴 한편 미안했지만 한번 외면하고 나니 다시 들여다보기 겁이 날 만큼 현호와 나 사이에는 틈이 벌어져 있었다. 내가 들여다본다 해도 달라질 것이 없다는 생각이 그 틈을 더 벌어지게 했다.

"동생을 한번 만나야겠어요."

나는 한동안 침묵한 끝에 말했다. 상담사가 내 말에 가만히 고개를 끄덕였다.

6

엄마에게 아빠한테 전화가 왔었다고 말했다.

"그 인간이 너한테도 전화했어? 뭐라니?"

"별말 없었어. 그냥 우리보고 잘 지내냐고 묻던데? 엄마는 통화했어? 뭐라는데?"

엄마는 잠시 말이 없다가 대수롭지 않게 덧붙였다.

"그 인간 또 누구랑 헤어졌나 보지, 뭐."

엄마와 내 표정이 동시에 어두워졌다. 엄마 역시 현호를 생각하는 게 뻔했다. 엄마는 곧 담뱃갑과 휴대 전화를 챙겨 밖으로 나갔다. 서울에 올라온 후로 엄마는 담배를 피우기 시작했다. 뒤늦게 무슨 바람인가 싶었지만, 현호 생각이 날 때마다 담배를 입에 문다는 것을 짐작으로 알 수 있었다.

잠시 뒤 계단을 내려온 엄마의 얼굴은 더 굳어 있었다.

"현호가 전화를 안 받네."

엄마는 떨리는 목소리를 애써 누르고 있었다. 나도 현호에게 전화를 걸어 봤다. 전화는 신호음만 길게 이어지다 끊겼다. 전화를 끊고 고개를 젓는 나를 보면서 엄마의 얼굴이 점점 사색이 되어 갔다. 그러더니 휴대 전화를 집어 아빠에게 전화를 걸었다.

"현호 어딨어? 현호 왜 전화 안 받아? 현호한테 무슨 일 있는 거야? 내가 현호 졸업할 때까지만 부탁한다고, 그거 하나만 해 달라고 그렇게 부탁했는데, 당신 어쩜 이러니? 그거 하나 못 해 주니? 당신, 현호한테 무슨 일 생긴 거면 죽을 줄 알아. 당신 죽여 버리고 나도 죽어 버릴 거야!"

엄마는 속사포로 말을 내질렀다. 잠시 뒤 엄마는 어깨를 축 늘어뜨리며 맥 빠진 목소리로 말했다.

"뭐? 씻는다고?"

현호와 통화가 된 엄마는 언제 흥분했냐는 듯 차분하게 말했다.

"어, 현호야. 저녁 먹었어? 뭐 먹었어? 어어. 피곤하다고? 알았어. 얼른 자. 푹 자."

기다림에 비해 무척 짧은 통화였다.

— 주말에 한번 서울에 올라올래?

다음 날 현호에게 문자를 보냈지만, 답은 없었다. 종일 기다리다가 저녁에 다시 전화를 걸었다. 이번에도 신호음만 이어지다 끊겼다. 작정하고 안 받는 건가, 낙심하며 휴대 전화를 내려놓는데 문자가 도착했다.

— 싫어.

아무런 설명도 이유도 없이 그냥 싫다 하고 그만이었다. 더 말을 걸 엄두가 나지 않았다. 직접 가 봐야겠다고 마음먹었다.

며칠 뒤, 호산시로 내려가는 고속버스를 탔다. 고속버스 특유의 냄새에 출발하기도 전에 멀미 기운이 돌았다. 자리에 앉자마자 귀에 이어폰을 꽂고 눈을 질끈 감았다. 얼마간 시간이 흐르고 감았던 눈을 뜨니 차창 밖으로 펼쳐진 너른 평야가 보였다. 고향에 가까워졌다는 것을 실감했다. 터미널 광장으로 나오자 깎아지른 절벽처럼 서 있는 신축 아파트가 보였다. 원래 저 자리에 뭐가 있었는지 생각나지 않았다. 높이 솟은 아파트로 인해 광장이 골짜기처럼 생경한 풍경으로 다가왔다. 하지만 공기의 온도와 냄새, 햇빛의 세기는 익숙했다. 떠나 있을 땐 한 번도 느끼지 못한 향수가 스멀스멀 밀려

들었다. 거추장스러웠다. 내가 이럴 때가 아니었다.

현호가 다니는 고등학교 앞으로 향했다. 학교 건너편 카페에 들어가 현호에게 여기서 기다리겠다는 문자를 보냈다. 커피 한 잔을 다 마실 때쯤 교복을 입은 고등학생들이 교문 밖으로 쏟아져 나오기 시작했다. 잠시 뒤 무리에서 뚝 떨어져 걷는 현호가 보였다. 고개를 푹 숙이고 걷는 걸 보니 아무래도 그냥 지나칠 것 같아서 카페 밖으로 나가서 현호를 불렀다. 부르는 소리에 고개를 든 현호의 얼굴을 보고 당황했다. 엄마가 서울로 올라오기 전, 마지막으로 봤을 때만 해도 솜털이 보송보송했던 현호의 얼굴이 화농성 여드름으로 꽉 덮여 있었다. 피부가 온통 곪은 자국으로 울긋불긋했다. 나름 귀여웠던 얼굴에는 유기되어 예민해진 작은 짐승 같은 분위기가 드리워 있었다. 나는 당황한 표정을 드러내지 않으려고 애쓰며 현호를 카페 안으로 이끌었다.

"문자 보냈는데, 못 봤어?"

현호는 얼굴을 한 번 찡그릴 뿐 대답이 없었다.

"못 봤냐고."

"봤는데 어쩌라고?"

중학생 때도 볼 수 없었던 반항기 섞인 말투였다. 학교생활은 힘들지 않은지, 밥은 잘 챙겨 먹는지 물어도 현호는 제대로 대답하지 않고 다리만 떨었다. 테이블 아래를 내려다보니 때에 절어 시커먼 현호의 운동화가 보였다. 핫초코를 시켜 줬지만, 현호는 두 손을 주머니에 찔러 넣은 채 입에 대지 않았다. 원래 말수가 없긴 했어도 이렇게 딱딱한 모습은 처음이었다.

"아빠랑 둘이 지내는 거 힘들지 않아?"

이렇게 묻자 현호가 눈만 치켜서 나를 바라봤다. 가슴이 서늘해지는 눈빛이었다.

"신경 쓰지 마."

"어떻게 신경을 안 써."

"어떻게 신경을 안 쓰긴, 지금까지 했던 것처럼 하면 되잖아!"

나는 아랫입술을 깨물었다. 어떻게 지내는지는 어차피 현호의 얼굴에 다 나와 있었다.

"서울로 전학 오는 건 어때?"

용건만 간단히 하는 게 나을 것 같았다. 방이 두 개니 현호가 서울로 올라오면 엄마와 내가 한방을 쓰면 됐다. 다시 내 공간이 사라지긴 하겠지만, 그건 중요하지 않았다. 현호가 마른 입술을 혀로 훔치고는 입을 열었다.

"서울엔……."

현호는 말을 하다 말고 뜸을 들였다. 나는 초조하게 현호의 다음 말을 기다렸다.

"응, 서울에 뭐?"

"서울엔, 무서운 애들 많다며."

내뱉듯 말하는 현호의 표정이 일그러졌다. 당장에라도 으르렁거릴 것 같던 현호의 얼굴에 틈이 생기는 순간이었다. 틈 안쪽으로 무르고 연약했던 원래의 현호 얼굴이 보였다. 그 틈이 예리한 칼날이 되어 나를 찔렀다. 반사적으로 가슴 한가운데를 손으로 짚었다. 동시에 울컥 쏟아지는 것을 막기 위해 천장을 바라봤다. 도로 고개를 내렸을 때, 현호의 얼굴은 다시 딱딱하게 닫혀 있었다.

어렸을 때의 한 장면이 머리를 스쳤다. 현호와 나는 버스 정류장으로 가고 있었다. 어디를 가려고 했었는지는 기억나지 않는다. 다만 우리가 아직 버스 정류장에 못 미쳤는데 타야 하는 버스는 정류장에 다가서고 있었던 것은 기억이 난다. 버스를 타기 위해 우리는 달렸다. 현호가 뒤처졌지만, 먼저 달려가서 버스를 잡아 놓을 생각으로 뒤도 안 보고 냅다 뛰었다. 겨우 버스에 오르고 나서야 뒤를 돌아봤다. 그런데 현호가 보이지 않았다. 주위를 살펴보니 정류장 뒤편으로 무릎을 감싸 쥔 채 주저앉아 있는 현호가 보였다.

"아저씨, 잠시만요."

소리쳤지만 버스의 문은 곧 닫혔다. 도와달라는 얼굴로 도와달라는 말은 못 하고 나를 바라보기만 하던 현호의 둥근 눈이 시야에서 사라졌다.

"아저씨 내려 주세요. 아, 아저씨 제발 내려 주세요."

애원해도 기사 아저씨는 안 된다며 기어코 다음 정류장에서 차를 세워 주었다. 왔던 길을 거슬러 현호가 있는 곳으로 달려갔다. 현호는 까진 무릎을 손바닥으로 문지르며 정류장 의자에 앉아 있었다. 눈물이 말라붙은 얼굴이 나를 보더니 싱긋 웃었다.

왜 그날의 기억이 떠오를까. 그때와 다르게 지금 나는 현호를 내버려 둔 채 계속 버스에 타고 있기 때문일까.

"할 말 다 했으면 간다."

현호를 더 붙잡을 수 없었다. 일어서는 현호에게 누나 왔었다는 얘기는 아빠한테 하지 말라고 당부하며 만 원짜리 세 장을 쥐여 주었다. 현호는 묵묵히 받아서 주머니에 넣더니 카페 밖으로 나갔다. 나는 한동안 현호가 입도 대지 않은 핫초코에서 힘없이 피어오르는 수증기를 바라보았다.

돌아가는 버스 시간까지는 두 시간이 남아 있었다. 터미널로 가서 표를 바꿀까 생각하다가 그만두고 걷기 시작했다.

걷다 보니 내가 다녔던 고등학교 앞이었다. 가로로 긴 3층 건물이 어둑한 하늘을 배경으로 검은 실루엣을 드러내고 있었다. 고3 교실이 있는 3층에는 불이 가득 들어와 있었다. 야간 자율 학습이 시작될 시간이었다. 교문 위에는 어느 대학에 몇 명이 진학했는지 알리는 현수막이 여태 걸려 있었다. 나는 교문 옆 화단에 걸터앉아 학교를 바라봤다. 대기는 점점 더 캄캄해졌고 교실을 밝힌 불은 점점 환해졌다. 이따금 잠을 깨려는지 창가를 서성이는 학생들이 보였다. 한 학생은 복도의 끝과 끝을 반복해 오가고 있었다. 생각이 많아 보이는 움직임이었다. 무엇을 위해 공부하는지 고민하는 게 아닐까 내 맘대로 상상해 보았다. 이전에 나는 하지 못했던 그런 고민을.

저녁을 때우기 위해 터미널 근처에 있는 분식집에 들어갔다. 김밥을 주문해 입속에 욱여넣고 있는데 맞은편에 앉아 있던 여자가 말을 걸어왔다.

"은호 아니니? 어머, 은호 맞네."

여자는 어린 아기를 품에 안고 있었다.

"아, 네."

얼떨결에 고개를 끄덕이며 여자의 모습을 살폈다. 화장기 없는 얼굴에 긴 머리를 하나로 느슨히 묶은 모습. 낯익긴 한

153

데 누군지 잘 떠오르지 않았다. 내가 못 알아보는 걸 눈치챘는지 여자가 말했다.

"나야, 전에 옆집 살던, 미영 언니."

"아, 미영 언니."

그제야 생각났다. 무뚝뚝하긴 해도 옆집에 살며 우리를 잘 챙겨 주던 할머니네 손녀, 미영 언니였다. 엄마가 사고를 당해 입원했을 때 할머니에게 특히 신세를 졌었다. 할머니는 며느리가 세상을 떠난 뒤 아들이 두고 간 손녀를 키우는 와중에도 우리를 보고 그냥 지나치는 법이 없었다. 미영 언니와는 가깝게 살았지만 나이 차이도 많이 나고 언니가 워낙 내성적이라 친해지지 못했었다. 미영 언니는 늘 존재감이 희미했다. 말수가 없고 표정도 한결같이 어두웠다. 옷도 늘 무채색으로만 입고 다녀서 별명이 그림자였다. 그러고 보니 지금도 회색 폴라티에 검정에 가까운 감색 면바지를 입고 있었다.

옆집 할머니는 내가 고등학생이 되던 해에 돌아가셨다. 장례식장을 다녀온 엄마는 내게 오래된 이야기 하나를 들려줬었다. 할머니에겐 미영 언니 말고 위로 손자가 하나 더 있었는데, 그 손자를 어릴 때 사고로 잃었다는 이야기였다. 졸음운전을 하던 트럭 운전사가 인도를 침범하면서 일어난 사고였다고 했다. 더 참혹한 건, 사고 당시 할머니가 손자 손을 잡

154

고 있었다는 거였다. 엄마는 어떻게 트럭이 딱 아이만 겨냥한 듯, 아이만 치고 멈출 수 있었는지 모르겠다고 말했다. 나는 그 대목을 들으며 두 손을 모아 주물렀다. 손잡고 걷던 아이의 몸이 어떤 저항할 수 없는 힘에 튕겨 나가는 것을 온몸으로 느꼈을 할머니의 감각을 떠올려 보는 것만으로도 손이 저렸다.

"끔찍하네."

"근데 더 끔찍한 건 그 이후였어."

엄마는 이야기하다 말고 손바닥으로 얼굴을 한번 쓸었다.

"사람들이 할머니보고 그랬거든. 그러고도 산다고."

나는 그 말을 바로 이해할 수 없었다.

"그게 무슨 말이야?"

엄마는 잠시 생각하더니, 더 얘기하기 싫다는 듯 한마디를 던졌다.

"존경스러웠나 보지 뭐."

더 물었다가는 그 말의 의미를 이해해 버릴 것 같아 입을 다물었다. 하지만, 그러고도 산다니, 그 말의 섬뜩함은 그 뒤로도 한동안 가시지 않았다.

그 이야기를 들을 땐 미영 언니에 대해서 생각해 보지 못했었다. 당시 사람들도 어린 나이에 잘못된 아이에 대한 안타까움과 눈앞에서 손자를 잃은 할머니의 고통에만 관심을 기울였지, 어느 날 갑자기 오빠를 잃은 여자애에 대해선 깊이 생각하지 않았을 것이다. 언니는 언제부터 무채색 옷을 입고 표정 없이 다니기 시작했을까. 알 수 없었다. 하지만 지금 언니의 얼굴은 어딘가 달라져 있었다. 품 안에서 고물거리는 아이를 한 번씩 내려다보는 언니의 얼굴엔 작은 등불 하나가 켜진 것처럼 은은하고 밝은 빛이 돌았다. 내가 선뜻 알아보지 못했던 것도 그 때문인 듯했다.

"여보, 여기 옛날에 우리 옆집 살던 학생이야. 인사해."

언니가 뚝배기 속 국물을 떠먹고 있는 남편에게 나를 소개했다. 등이 넓고 수더분한 인상의 남자가 내 쪽을 향해 몸을 돌리며 인사했다. 나도 마주 인사했다.

"서울로 학교 갔다더니 오랜만에 내려왔네. 엄마는 잘 지내시지?"

"네, 잘 지내세요. 언니 결혼했다는 소식은 들었어요. 아기 낳으셨구나."

"응, 이제 곧 돌이야."

"아기가 너무 예뻐요."

"예쁘지? 얼마나 예쁜지 세 살까지 평생 할 효도를 다 한다는 말이 왜 있는지 알 거 같아."

"세상 모든 부모가 자식에게 세 살 이후의 효도를 기대하
지 않는다면 얼마나 좋을까요."

"그게 쉽나. 나중에 컸을 때 엄마 고생을 몰라주면 막 서운
할 거 같긴 해. 예쁜 만큼 키우는 게 보통 힘든 게 아니거든.
지금도 이유식만 겨우 만들어 먹이고 어른들 밥은 여기서 대
충 때우는 중이야."

"그래도 좋아 보여요, 언니."

언니는 이를 보이며 조용히 웃었다. 아기가 통통한 볼 사
이의 입을 오물거리며 작은 소리를 냈다. 볼이 맑고 보드라
워서 손가락으로 건드리기만 해도 톡 터질 것 같았다. 정말
오랜만에 아기를 보는 것 같았다. 나도 저런 때가 있었다는
게 믿기지 않았다.

"현호 만나고 가는 거야?"

"네."

"너 혼자 서울에 있다고 엄마가 많이 걱정하셨는데, 이제
는 현호 걱정하시겠구나. 나도 엄마가 돼서 그런지, 엄마 마
음이 어떤지 이제 알 것 같아."

나는 김밥을 채 다 씹지 못하고 억지로 삼켰다. 아이가 찡
얼거리기 시작했다. 언니의 남편은 거의 마시듯이 남은 밥을
먹고는 휴지로 입가를 훔쳤다.

"가 봐야겠다. 아기가 졸린가 봐. 은호야, 잘 지내고, 엄마한테 안부 전해 드려."

"네, 그럴게요."

"또 보자."

또 볼 수 있을지 알 수 없었지만, 가게를 나서는 언니를 향해 나는 힘주어 고개를 끄덕였다.

서울행 버스에 올랐다. 캄캄한 버스 차창 밖으로 희끗희끗 눈발이 날리기 시작했다. 올해 첫눈이었지만 아무 감흥도 들지 않았다. 멀미 기운만 일었다. 눈을 질끈 감았다 뜨니 버스 차창에 떠오른 얼굴이 보였다. 얼굴 속 두 눈이 나를 노려보고 있었다. 현호가 보였던 것과 다르지 않은 눈빛이었다. 얼굴은 점점 사나워지는 것 같더니 결국엔 울 것 같은 표정이 되었다. 나는 그 얼굴을 향해 중얼거렸다. 울지 말라고, 조금만 기다리라고, 번듯한 새아빠가 생길지도 모른다고.

4장

낳아 달라고 한 적은 없지만

1

　나의 그 바람은 곧 깨지고 말았다. 며칠 뒤 늦은 저녁, 엄마가 추레한 차림으로 집에 돌아와서는 말했다.

　"나 저기 고가도로 근처에 있는 막국숫집에서 일 시작했다."

　막국숫집이라면, 얼마 전 술에 취해 무전취식을 한 손님이 난동을 부려 경찰이 출동하는 등 동네를 떠들썩하게 했던 식당이다. 가게 한쪽에 빈 막걸리병이 가득 쌓여 있는.

　"그게 무슨 말이야, 엄마? 반신욕은? 아저씨는?"

　"유식이 개가 나를 여자로 보기 시작해서 연락 끊었어."

엄마는 대수롭지 않은 투로 말했다. 기가 찼다.

"그럼 엄마가 여자지, 남자야?"

엄마는 대꾸 없이 양말을 벗어 들고 욕실로 들어갔다. 나는 욕실 문을 붙잡았다.

"대답해 봐. 도대체 왜 그러는 건데? 정말!"

내가 이렇게 소리치면 엄마도 함께 악을 쓰기 마련인데, 엄마는 웬일로 "얘가 왜 이런대? 쓸데없는 소리 하지 말고 공부나 해"라고 말하며 대화를 끝내려 했다. 그러고는 욕실 바닥에 쪼그려 앉아 식당 바닥을 돌아다니느라 새까매진 양말에 비누를 묻혀 북북 문지르기만 했다.

이제 또 어떻게 살아갈지 뻔했다. 엄마의 결벽성, 그 악착같음에 넌더리가 났다. 일부러 그러는 건가? 엄마가 고생하는 모습이 딸인 내게 열심히 공부해서 성공해야겠다는 동기부여가 될 거라고 생각하는 건가. 해도 해도 너무했다.

다시 식당 일로 돌아오게 된 이유도 터무니없다. 여자로 봐서라니? 특별히 남장을 하고 다니지도 않으면서 이 무슨 해괴한 말인지. 갑자기 성 정체성이 바뀌기라도 했다는 건지 어이가 없었다. 이쯤 되자 혹시 엄마에게 아빠를 향한 마음이 남았나 하는 의심마저 들었다. 정말 그동안 엄마는 아저씨랑 안 잤을까. 엄마가 살을 섞은 사람은 아빠 외엔 없을까.

어린 나이에 임신했으니 엄마 인생에 연인은 아빠가 유일했던 걸까. 그래서 아빠를 증오하면서도 다른 남자는 생각도 못 하는 걸까. 대체 엄마의 마음엔 뭐가 들어 있는 거지?

설마 아빠를 못 잊은 거냐는 말이 나오려는 걸 겨우 참았다. 혹시나 엄마 얼굴에서 당황하는 기색이라도 발견할까 봐 겁이 났다. 엄마는 나와 현호를 기르는 내내 아빠 욕을 했다. 네 아빠처럼 일하기 싫어하고 게으른 인간은 없을 거라는, 내가 돈 안 벌면 자식들 굶겨 죽일 인간이라는, 발정 난 개도 그렇게는 안 돌아다닐 거라는 말을 서슴없이 했다. 엄마는 "네 아빠가 겁탈해서 네가 들어섰다"는 말도 했다. 그 모든 말을 다 견뎠다. 하지만 견디면 견딜수록 그 사실을 제공한 아빠보다(엄마가 사실을 과장했다는 혐의도 짙었다) 몰라도 될 사실을 굳이 내게 말하는 엄마가 미웠다. 그렇게 내가 아빠를 혐오하게 만들어 놓고 엄마는 속으로 아빠에 대한 애정을 간직하고 있었다면? 상상도 하고 싶지 않았다. 그런 충격은 받고 싶지 않았다. 혹시 아빠 좋아하는 거 아니냐는 내 말에 엄마는 심한 말을 들은 것처럼 부르르 떨어야 마땅했다. 내가 원하는 대답이 정해져 있다면 물어보지 않는 편이 나았다. 나는 입술만 꼭꼭 깨물었다.

착잡한 마음이 추슬러지지 않았다. 이제 다시 식당 일을

하는 엄마를 봐야 한다니. 어깨가 다시 무거워졌다. 배신감
도 들었다. 뒤통수를 세게 맞은 기분이었다. 이 감정을 엄마
에게 되돌려 주고 싶었다.

"나도 공무원 시험 관둘래."

엄마도 하고 싶은 대로 하는데, 나라고 못 할 게 없었다. 그
래서 공무원 시험 포기를 선언했다(자주 대자보가 걸리는 대
학물을 먹은 영향인지 선언을 좀 많이 하는 것 같긴 했다). 순
간 엄마는 얼굴을 단단히 굳히긴 했지만, 곧 쟤 또 헛소리한
다는 듯이 시큰둥해졌다. 대꾸도 없이 창문가에 매달린 빨
래 건조대에 양말을 널기만 했다. 나는 헛소리가 아니라는
걸 보여 주려고 책장에서 수험서를 꺼내 와 엄마 앞으로 다가
갔다. 그러곤 수험서를 낱장으로 쫙쫙 찢는 퍼포먼스를 보였
다. 그제야 엄마는 뒤돌아서며 물었다(그래도 반응을 안 보
이면 찢은 걸 태워야 하나 싶었다).

"지금 뭐 하는 거야?"

"공무원 안 한다고."

"왜? 왜 안 하는데?"

"나도 그냥 내 맘대로 살아 볼래."

"누군들 맘대로 사니?"

"엄마 말이야. 엄마가 맘대로 살잖아."

"내가 뭘 맘대로 살아? 내가 너 낳고 지금까지 어떻게 살았는데?"

"누가 낳으래? 누가 낳아 달래?"

말이 점점 머리를 거치지 않고 나가고 있었지만 멈출 수 없었다. 엄마가 내 손에서 수험서를 빼앗아 바닥으로 집어 던지며 소리쳤다.

"너 돌았어? 내가 너 하나만 보면서 이 고생을…….."

"왜 나 하나만 보고 살아? 왜 나를 보는데? 나 보지 마, 엄마. 나 진짜 숨 막혀 죽을 것 같아."

나는 엄마의 말을 자르며 울분을 토했다.

"뭐? 숨이 막혀? 죽어라 일해서 대학 보내 줬더니 숨이 막혀? 내가 너를 어떻게 키웠는데!"

"지겨워, 그 소리. 그냥 좀 편하게 살면 안 돼? 왜 자꾸 힘든 길로 가는데? 엄마 몸, 식당에서 쓰나, 남자한테 쓰나 뭐가 다른데?"

말을 뱉어 놓고 아차 싶었다. 동시에 눈앞이 깜깜해지면서 고개가 오른쪽으로 휙 돌아갔다.

"나는 남자 손끝만 닿아도 소름이 끼쳐. 알아?"

엄마의 새된 목소리에 눈을 떠 보니 허공에 들린 채 파들파들 떨고 있는 엄마의 손이 보였다. 귀가 멍해지면서 뺨이 뜨거워졌다.

"나가. 당장 나가!"

내가 멍하게 가만히 있자 엄마가 팔을 내리고 주먹을 꽉 쥐며 다시 소리쳤다.

"나가라고!"

바람이 찼다. 누구라도 불러낼까 하다가 곧 내 몰골이 말이 아니라는 걸 알아차리고는 그만뒀다. 슬리퍼를 끌며 동네를 돌다가 학교로 향했다. 철학 동아리방 문은 잠겨 있었다. 윤지 선배가 떠난 후로 동아리는 서서히 해체의 길을 걷고 있었다. 동아리에 가입하라던 윤지 선배의 말을 들을 걸 후회했다. 걷기라면 이제 자신 있는데. 하는 수 없이 다시 발걸음을 옮겼다.

이과 대학 뒤뜰 가로등에 노란 불이 들어와 있었다. 밤에 온 건 처음이었다. 죽은 하루살이가 가득 들어 있는 가로등 램프가 정상적으로 작동한다는 것이 놀라웠다. 노란 불빛이 동그랗게 쏟아지는 벤치에 앉으니 연극 무대 위에 올라온 듯한 기분이 들었다. 장르는 누아르가 어울릴 것이다. 캄캄한 밤하늘을 배경으로 흐릿한 형체를 드러내고 있는 고딕 건물이 음산해 보였다.

왼쪽 뺨이 얼얼했다. 내 말이 심하긴 했다. 그렇다고 엄마가 때릴 줄은 몰랐다. 내가 바란 건 다만 엄마에게 기댈 만한 사람이 생기는 거였다. 엄마에게 남자가 생기면 내 숨통이 트이지 않을까 싶었다. 엄마 인생이 편해지지 않으면 내 인생도 편해질 리 없었다. 내가 생각하기에 딸에게 최고의 엄마는 자기 인생 잘 사는 엄마였다. 이렇게 말하면 엄마도 내게 그러겠지. 엄마도 네 인생 잘되라고 이러는 거라고. 그러니까 엄마는 내 인생을 간섭하고, 나는 엄마 인생을 간섭하고. 이게 뭐 하는 건가. 앙갚음하듯이 서로에게. 이 고리를 어떻게 끊을 수 있을지 생각할수록 한숨이 났다.

밤공기 위로 입김이 하얗게 퍼져 나갔다. 엄마는 지금쯤 담배를 피우고 있을 것 같았다. 삶에서 품위를 유지할 방법은 그것밖에 남지 않은 사람처럼, 엄마는 신중하게 담배를 물고 우아하게 연기를 내뿜었다. 이런 쓸쓸한 상황을 견디려면 내게도 그런 우아한 자세가 필요했다.

후문 너머에 있는 편의점으로 갔다. 담배와 라이터를 사서 나오는데 편의점 옆 좁은 골목길에서 남녀의 목소리가 들려왔다. 분위기로 보아하니 다투는 것 같았다. 좋겠다. 사랑싸움이라니. 대수롭지 않게 지나가는데, 여자가 하는 말이 귓속으로 들어왔다.

"내가 널 어떻게 믿어? 나 너 못 믿어, 아니, 사람을 못 믿어, 너 때문에. 이젠 사람이 무서울 정도야."

남자에게 단단히 실망한 모양이었다.

다시 학교로 돌아와 벤치에 앉았다. 몇 번의 시행착오 끝에 담뱃불을 붙이고 숨을 깊이 들이마셨다. 목이 맵싸하고 머리가 핑 도는 기분이 의외로 괜찮았다. 어두운 밤하늘로 흰 연기가 너울너울 올라가면서 사라지는 모습도 보기 좋았다. 담배는 꽤 괜찮은 연극 소도구였다. 어떤 연극을 펼쳐 볼까. 이 무대 위의 배우에게 어울리는 표정은 뭘까. 어떤 대사를 주면 좋을까. 나 너 못 믿어, 아니 이제 사람을 못 믿어, 그럴싸한 동작으로 툭툭 재를 털어 가며 아까 여자가 했던 말을 따라 해 봤다.

'엄마는 무서웠던 걸까?'

문득 이런 생각이 들었다. 엄마 일생에서 딱 한 번 겪어 본 남자. 그 남자에게 호되게 상처받았으니, 다른 남자도 아빠와 다르지 않으리라고 믿게 된 걸까. 그래서 아저씨와의 관계가 이성적으로 발전하려고 하자 무서워서 도망친 건가. 세상 무서울 것 없는 것처럼 도도한 엄마에게도 실은 무서운 게 있는 건가. 나는 남자 손끝만 닿아도 소름 끼친다, 엄마가 했던 말이 귓가에 맴돌았다. 아니, 내가 대체 엄마에게 뭘 바란 거지? 나는 의미 있는 삶을 살고 싶다며 갖은 삐딱선을 다 타려고 들면서, 엄마는 그냥 남자에게나 기대 남은 인생 살기를 바랐던 건가?

돌연 구역질이 치밀었다. 상체를 숙이자마자 배 속에 있던 것들이 화단 위로 주르르 쏟아졌다. 눈물 콧물이 나면서 목이 찔리는 듯 아팠다. 눈앞이 보이지 않을 만큼 어지러웠고 다리가 휘청거려, 바닥에 주저앉았다. 쉽게 우아함을 넘본 대가인 것 같았다.

뿌연 숨을 뱉어 내고 구토까지 했지만, 답답한 가슴은 쉽게 풀리지 않았다. 검은 밤하늘이 먼 우주로 연결되는 뻥 뚫린 공간이 아니라 사방에서 나에게 육박해 오는 벽처럼 느껴졌다. 미쳤구나, 미쳐 가는구나. 요즘 공황 장애 걸린 사람이 많다는데 나도 그런가. 심리 상담만으론 소용이 없나. 약을 먹어야 하나. 머리는 혼란스러웠고 몸이 떨리며 손발이 싸늘하게 식었다. 엄마는 지금 무슨 생각을 하고 있을까. 다시 슬리퍼를 끌고 집으로 향했다.

현관문을 잡아당기는데 빗장쇠가 철컥하고 걸리며 문이 열리다 말았다. 문을 닫았다 다시 열어도 마찬가지였다. 엄마가 안에서 잠가 놓은 게 분명했다. 짜증이 치밀었다.

"엄마!"

안에선 대답이 없었다.

"문 열어, 엄마!"

한 뼘 열린 문을 잡고 흔들며 크게 소리쳐도 집 안은 잠잠하기만 했다. 너무하지 않나. 여자애가 늦은 밤까지 밖에 있으면 위험하다고 난리더니 이제는 집에 들어오지 못하게 문을 잠그다니. 누가 이기나 한번 해 보자는 오기가 발동했다. 계속 엄마를 부르며 문을 흔들었다. 그런데 이상했다. 이쯤하면 엄마가 모습을 드러낼 만도 한데, 안에선 아무 기척이 없었다. 순간 불길함이 온몸을 훑고 지나갔다. 나 죽는 꼴 보고 싶어서 그러냐는 엄마의 말. 진부한 협박에 불과하다고 생각했으면서도 이 말이 머릿속을 스쳤다. 어렸을 때부터 자주 듣던, 사는 게 의미 없던 엄마의 말도 불길함에 기름을 부었다.

"엄마?"

열린 문틈 사이로 얼굴을 가까이 갖다 대고 굳게 닫힌 엄마의 방문을 바라봤다.

"뭐 해? 엄마!"

귀가 먹먹해지면서 앰뷸런스 소리가 윙윙 울렸다. 심장이 마구 뛰었다.

"문 열어! 엄마!"

머릿속에 들어차는 온갖 끔찍한 상상을 헤집고 119에 연락해야 한다는 생각을 끄집어냈다. 얼마 지나지 않아 현실의 앰뷸런스 소리가 골목을 메웠다. 구세주가 도착하는 소리로 들렸다. 구조대원들이 전기톱을 꺼냈다.

"아저씨, 빨리요. 제발 빨리요."

몸 안의 피가 마르는 느낌이었다.

"아니, 이게 무슨 일이야. 뭘 자르게? 주인 허락도 없이 뭘 막 잘라 내게?"

위층 계단에서 주인아주머니가 빠른 걸음으로 내려오며 말했다.

"아줌마, 이거 원래 있던 게 아니라 제 친구가 달아 놓은 거거든요. 급하니까 저리 비키세요!"

내가 팔을 휘젓자 아주머니는 구시렁거리며 뒤로 물러났다. 나는 제발 빨리해 달라며 구조대원을 향해 두 손을 싹싹 비볐다. 구조대원의 전기톱에 시동이 걸렸다. 곧 전기톱이 요란한 소리를 내며 빗장쇠를 잘라 냈다. 나는 신발을 신은 채 뛰어 들어가 엄마 방문을 열었다. 엄마는 바닥을 손으로 짚으며 상체를 일으키고 있었다. 머리는 산발이었고 눈동자의 초점은 희미하게 풀린 채였다. 나는 엄마를 덮치듯 끌어안았다. 구조대원이 다가와 나를 떼어 놓고 엄마의 상태를 확인했다. 엄마는 구조대원을 향해 괜찮다고, 가시라고 중얼거렸다. 병원으로 이송하겠다는 구조대원의 말에 엄마는 벽에 기대앉은 채 두 손을 저으며 괜찮다는 말만 반복했다. 괜찮아요, 가 보세요. 가 보세요, 괜찮아요. 나를 향해서는 아무 말도 하지 않았다. 겁에 질려 파헤치듯 자꾸 엄마 품으로 파고드는 나를 밀치지도 않고 안지도 않고 내버려 두었다. 구조대원들이 엄마 근처에 놓인 약봉지와 소주병을 확인했다. 약물과 술을 과다 복용한 것 같다는 구조대원들의 대화가 들렸다.

"우리 엄마 술 못 마시는데요?"

내가 말했다.

"엄마, 술 못 마시잖아?"

엄마의 어깨를 붙잡고 물었다. 엄마는 내 말은 무시한 채 구조대원들에게 거의 울듯 애원했다.

"가시라고요. 제발 나 좀 내버려 두고 가시라고요."

구조대원들은 다시 나를 엄마에게서 떼어 놓고 혈압을 체크했다. 몇 가지 신체 반응을 확인한 구조대원은 큰 이상은 없다고, 물을 많이 마시고 안정을 취하면 나아질 거라고 말하며 자리에서 일어났다. 나는 약봉지를 들고 구조대원을 따라 나가며 물었다.

"무슨 약이에요? 엄마가 먹은 이거, 무슨 약인 거예요?"

구조대원은 신경 안정제로 보인다며, 내일 날이 밝으면 엄마가 다니는 병원에 모시고 가는 게 좋겠다고 말했다.

"병원에서 처방해 주는 약이에요. 다니시는 병원이 있을 겁니다."

신경 안정제라니. 연예인들의 자살 시도 기사에 언급되던 그런 약일까? 봉지에는 약이 열다섯 알 정도 남아 있었다. 만약 엄마가 마신 술을 감당해서 정신을 잃지 않고 남은 약을 다 먹었다면 무슨 일이 벌어졌을까. 상상만으로도 몸이 딱딱하게 얼어붙었다.

나는 남은 밤 동안 벽에 기대앉아서 다시 잠든 엄마를 지켜보았다.

'엄마 설마 죽으려고 했어? 내가 내 맘대로 사는 게 엄마가 자살할 일인 거야? 아니면 그냥 나를 겁주고 벌주려고 했던 거야?'

전자라면 무서웠고 후자라면 섬뜩했다. 엄마에게 물어보지 못할 질문이 이렇게 또 하나 생겨난 셈이었다.

2

창문을 열어 놓으면 길고양이들이 방 안을 들여다봤다. 몸집이 큰 노란 줄무늬 고양이와 귀가 뾰족한 얼룩 고양이가 번갈아 나타났다. 고양이의 입장에서는 먼지 낀 방충망 너머로 보이는 내 모습이 마치 그물에 걸린 물고기 같을지도 모른다는 생각이 들었다. 플라스틱 그릇 두 개에 데친 멸치와 물을 담아 창문 앞에 내놓았다. 밤에 불을 끄면 창문 근처로 작고 동그란 불빛 두 개가 떠올랐다. 반지하 방에서도 이렇게 별을 볼 수 있었다. 별빛들은 이따금 깜빡였다. 나도 그 빛을 향해 눈을 깜빡였다. 별빛들이 야옹 소리를 내면 나는 응 하고 대답했다. 그렇게 몇 번 소리를 주고받다 보면 준우 생각이 났다. 서랍에 넣어 둔 잘린 빗장쇠를 손에 쇠 냄새가 밸 때까지 만지작거렸다.

엄마는 이전의 일상으로 돌아갔다. 아침부터 저녁까지 식당에서 일했고, 일주일에 하루 쉬는 날엔 다리가 아프다며 외출하는 일 없이 온종일 집에서 티브이를 봤다. 드라마가 끝나면 휴대 전화로 애니팡을 했다. 네모 블록 안에 들어 있는 동물 얼굴들을 손가락으로 밀어내기만 하면 되는, 쉽고 단순한 게임이었다. 가로세로로 같은 블록 세 개가 나란히 배열되면 동물 얼굴들이 팡 하고 터졌다. 엄마가 메신저로 보낸 하트를 받고 나도 해 봤다. 팡팡, 블록을 터뜨리는 묘한 쾌감을 느끼다 보면 현실은 아득히 물러났다. 엄마는 그 물러남에 거의 중독된 듯 보였다.

공무원 시험에 관한 이야기를 다시 꺼내는 일도 없었다. 엄마는 마치 아무 일도 겪지 않은 사람처럼, 앞으로도 아무것도 기대하지 않을 사람처럼 보였다. 엄마에게 왜 약을 먹었냐고 물을 순 없었지만, 왜 그런 약을 처방받았는지는 물어야 할 것 같았다. 그런데 엄마는 내가 약이라는 단어를 발음하자마자 내 말허리를 잘랐다.

"엄마 다니는 통증 의학과에서 처방해 준 거야. 허리랑 머리 너무 아플 때 먹으라고. 네가 신경 쓸 거 없어."

엄마는 자신의 일상에 아무것도 스며들지 못하도록 질기고 얇은 막을 씌워 놓은 것 같았다. 하지만 내가 미처 버리지 못한 담뱃갑을 발견했을 때는 내 등짝을 세게 내리쳤다.

"엄마도 피우면서 왜 나한테만 난리야!"

이렇게 대꾸했다가 한 대 더 맞을 뻔했다.

"난 담배랑은 안 맞아. 버리려다가 깜빡한 거니까 엄마 피우려면 피우고."

나는 이렇게 말하며 집 밖으로 뛰어나갔다.

술에 취해 집으로 돌아가는데 집 담벼락에 쪼그려 앉은 남자가 보였다. 다가가 가만히 살펴보니 반신욕 아저씨였다. 순간 반가웠지만 보아주기 쉽지는 않았다. 내 또래 남자아이들이 그럴 때는 그래도 감성적인 구석이 있었는데, 나이 든 남자가 그러고 있는 모습은 난감하기 그지없었다. 하지만 나도 술이 오른 터라 태연하게 아저씨 옆에 앉아 말을 건넸다.

"아저씨, 괜찮아요?"

아저씨가 무릎 사이에 묻고 있던 머리를 들었다. 술기운이 가득한 얼굴에는 오래 기다린 사람의 피로와 체념이 배어 있었다.

"어? 은호구나. 스미마셍. 아저씨가 이런 모습 보여서 스미마셍."

멀쩡할 때 보았던 매너와 품위는 온데간데없었고 일본어를 섞어 말하는 이상한 주사가 있었지만, 맥락이 있는 만큼 이해 못 할 건 없었다.

"네, 뭐. 괜찮아요. 그럴 수도 있죠."

"그치? 그럴 수도 있지? 은호는 이해하네. 훌륭해. 스바라시!"

"우리 엄마 기다리세요?"

"응, 기다렸지. 기다렸어. 엄청 오래 기다렸어."

그러더니 아저씨는 술로 흐리멍덩해진 눈을 찡그렸다 펴기를 반복하며 내 얼굴에 초점을 맞추려고 노력했다.

"어우, 은호구나. 아저씨가 이런 모습 보여서 미안해, 스미마셍."

"예. 아까도 미안해하셨어요."

아저씨보다 내 알콜 농도가 현저히 낮은 것은 분명했다. 아저씨는 고개를 돌려 앞쪽 허공을 바라보며 주절거렸다.

"기다리는데 안 만나 주네. 안 만나 줘."

"우리 엄마가 좀 그래요. 좀 따뜻하면 큰일이라도 날 것처럼 차갑죠."

말해 놓고 아차 싶었다.

"아저씨 우리 엄마한테 진심인 거죠? 진짜 좋아하죠?"

"그럼. 진심이지. 나, 희정 씨 진짜 많이 좋아해."

"우리 엄마가 은근 상처가 많아서 마음 여는 데 시간이 좀 걸릴 거 같거든요."

나는 아저씨가 희망을 놓지 않길 바랐다.

"그러니까 포기하지 말고 천천히 다가간다면, 엄마가 마음을 열지도 모르니까……."

"이이에, 이이에. 난 자격이 없어. 희정 씨는 더 좋은 사람

만나야지. 아저씨가 다시는 이런 추한 모습 보이지 않을게."

아저씨가 거칠게 머리를 흔들며 말했다.

"아니, 그러지 말고요."

"아저씨가 사업이 망해서, 일본으로 돌아가야 할 것 같아."

이게 무슨 말인가. 술이 확 깼다.

"망했다고요? 어쩌다가요? 엄마도 아세요?"

"희정 씨는 몰라. 희정 씨랑 헤어지고 내가 정신 못 차리고 있다가 실수를 했어. 그 계약을 하는 게 아니었는데."

아저씨는 그 말을 하며 자기 머리칼을 두 손으로 마구 흐트러뜨렸다.

"희정 씨한테는 얘기하면 안 된다. 내가 너무 초라해지거든. 그러니까 절대 말하면 안 돼. 알았지? 희정 씨 딸, 희정 씨의 사이코 딸. 알았지?"

아저씨는 그렇게 말하고 자리에서 일어나 골목 끝을 향해 털레털레 걸어갔다. 사이코 딸? 그 말에 충격을 받은 나는 아저씨를 붙잡지 못했다.

엄마는 태연히 방에서 티브이를 보고 있었다. 엄마가 눈을 떼지 않고 바라보는 화면을 향해 나도 시선을 돌렸다. 화면 속 커다랗고 투명한 구 안에서 숫자 공 여섯 개가 차례로 빠져나오고 있었다. 다시 엄마 쪽을 바라봤다. 엄마 손에 들린 종이 한 장이 눈에 들어왔다. 힘없이 늘어져 있는 얇은 종이가 순간 창문 밖에 널어놓은 팬티처럼 보였다. 얼굴이 달아올랐다. 복권 말고는 기댈 것 없는 현실이 너무 적나라했다. 엄마 마음에 잠깐 켜졌다가 꽝이라는 걸 알고 사그라졌을 허름한 희망 같은 것들이 보여 화가 나는데, 그 화가 너무 슬펐다.

"뭘 그렇게 서서 쳐다봐?"

엄마가 손으로 복권을 구기며 내게 물었다.

"사이코라 그랬어? 아저씨한테 나를?"

"뭔 소리야? 그 자식 여태 집 앞에 있었니?"

"사이코라 했어, 안 했어? 그것만 말해."

엄마는 어이가 없다는 듯 말했다.

"너 고등학생 때 제2 외국어로 일본어 하지 않았어? 그새 다 까먹은 거야?"

나는 당황한 채 휴대 전화를 꺼내 검색을 했다. さいこう(사이코우), 최고라는 뜻이었다. 순간 멍해졌다. 엄마는 좀 비켜 보라며, 나를 지나쳐 싱크대 앞으로 가서 주전자에 물을 끓였다. 나는 내 방으로 들어가 벽에 등을 기대고 서서 눈을 질끈 감았다. 잠시 뒤 컵 안을 수저로 휘젓는 소리와 함께 들

척지근한 믹스 커피 향이 공중에 퍼졌다. 달그락거리는 소리
는 오래 이어졌다. 나는 눈을 뜨고 방 밖으로 고개를 내밀어
싱크대 앞에 서 있는 엄마를 바라봤다. 엄마는 머그잔 안을
들여다보며 커피를 젓고 있었다. 잔을 들어 입에 대는 것을
잊은 사람처럼, 하염없이 숟가락을 돌리기만 했다. 나는 다
시 벽에 등을 기댔다. 최고, 최고 딸, 희정 씨의 최고 딸. 한동
안 이어지던 소리가 그치고 개수대에 물 흘려보내는 소리가
들렸다.

3

"결국 엄마가 아저씨와의 일을 그만두셨군요."

"네, 그냥 제가 하려고요."

"뭘요?"

"미팅을 했거든요."

"미팅요?"

그동안 단체로 만나는 방식이 마음에 들지 않아 미팅은 하
지 않았었다. 하지만 이번만큼은 거절하지 않았다. 주선자가
미팅 상대가 잘사는 집 애들이라고 말했기 때문이었다. 미팅

은 이태원에 있는 라운지 펍에서 이뤄졌다. 한껏 치장하고 나갔다. 그런데 자리에 앉자마자 한숨이 나왔다. 남자 셋 모두 우열을 가리기 힘들 만큼 내 취향이 아니었다. 그래도 보통은 개중 나은 사람이 있기 마련인데, 도무지 아무에게도 마음이 가지 않았다. 한 명은 쏘아보는 눈빛이, 한 명은 앵앵거리는 목소리가, 한 명은 멍한 인상이 마음에 들지 않았다. 돈이 많다는 정보를 여자 쪽에 흘린 걸 아는지 애써 분위기를 띄우려고 하지도 않았다. 따분하게 칵테일 몇 잔 마시다가 돌아온 게 다였는데, 다음 날 목소리가 앵앵거리는 남자애에게서 연락이 왔다.

"데이트 코스가 다르긴 하더라고요. 프리미엄 영화관에서 리클라이너 좌석에 앉아 영화를 보고, 저녁에는 회전 초밥집에 갔어요. 저는 둘 다 처음 가 본 곳이었어요. 다리를 뻗을 수 있는 영화관 좌석은 편했는데 회전 초밥집은 좀 별로더라고요."

레일 위를 오가는 접시를 매번 골라 먹어야 하는 일이 생각보다 성가셨다. 거기다 초밥 접시의 가격이 식욕을 사라지게 했다. 생선살이 얹힌 밥 두 덩이일 뿐인데 어떤 초밥 접시의 가격은 내 시급을 넘어갔다. 선택 앞에서 피곤한 건 나뿐이었다. 남자애는 서슴없이 접시를 골랐다. 접시의 색깔부터 보는 나와 달리 그는 접시의 내용물을 보는 듯했다. 그와 나의 차이가 극명하게 드러나는 지점이었다. 내겐 부담인 선택이 그에겐 하나의 유희라는 점. 그 남자애는 진로 선택에도 고민이 없을 것 같았다. 다른 건 신경 안 쓰고 자신의 욕구에만 집중할 수 있을 테니까.

너무 저렴한 것만 고르지 않으려고 애쓰면서, 동시에 너무 비싼 것이 들어가지 않게 신경 쓰느라 머리가 아팠다. 도중에 젓가락을 내려놓고, 내가 먹고 쌓아 둔 접시를 대충 계산해 봤다. 3만 원이 넘어 가고 있었다. 배가 부르지 않았지만, 그 이상은 목에 넘어갈 것 같지 않았다. 남자애는 사케를 홀짝거리며 맛있게도 초밥을 먹어 치우고 있었다.

"왜 이렇게 못 먹어?"

"배불러서."

가식적인 말을 뱉고 나자 목이 탔다. 물을 벌컥벌컥 마신 뒤 어두운 조명과 원목으로 고상하게 꾸며진 실내 인테리어를 둘러봤다. 이런 코스라면 마지막은 호텔일지도 몰랐다. 하지만 예산을 많이 쏟아부은 영화면 뭐 하나, 콘텐츠가 좋아야지. 아무리 호텔이라도 당기지 않았다. 밥을 먹고 나면 바로 남자애와 헤어져야지, 그리고 이어폰을 껴야지, 하는 생각뿐이었다. 앵앵거리는 목소리에 지친 귀를 음악으로 달래 주고 싶었다. 식사가 거의 끝나갈 즈음 나는 은근히 남자애를 떠봤다.

"너희 집이 그렇게 잘산다며? 원래 그런 집들은 비슷한 집 안끼리 만나지 않아?"

"우린 그 정돈 아냐. 그냥 부모님이 건물 두어 채 있는 게 다야."

그게 다라니. 앵앵거리는 목소리로 내뱉는 단어라도 건물이라는 단어는 매혹적이었다.

"영화 티켓은 남자애가 예매했으니까 밥은 제가 사려고 했어요. 그런데 한 병에 3만 원이나 하는 사케까지 계산해 보니 도저히 엄두가 안 나더라고요. 밥을 다 먹고 계산대 앞에 서 있는 시간이 어찌나 길게 느껴지던지……."

"뭔가 불편했군요?"

내가 말을 잇지 못하자 상담사가 물었다.

"부담스럽긴 하더라고요. 근데 뭐, 극복해야죠."

남자애가 택시를 잡아 주겠다는 걸 거절하고 지하철역으로 갔다. 개표구에 카드를 찍는데 앞쪽 벽에 붙어 있는 거울에 내 모습이 비쳤다. 이상하게 그 모습을 제대로 쳐다볼 수가 없어 고개를 돌리고 서둘러 플랫폼으로 내려갔다. 얼른 집에 가고 싶은 기분이 드는 건 오랜만이었다.

욕실에서 씻고 나오는 엄마에게 좋은 점수가 적힌 성적표를 내미는 것 같은 기분으로 말했다.

"엄마, 오늘 나 데이트했는데, 남자애네 부모님이 건물주래."

하지만 엄마는 내 말에는 대꾸도 하지 않고 이것 좀 갖다 버리라며 빈 세제통을 건넸다. 엄마의 시큰둥한 반응에 실망하며 세제통을 낚아채는데 엄마 손이 좀 이상해 보였다.

"손이 왜 이래?"

손이 울긋불긋하게 부어올라 있었다. 군데군데 발진도 돋아 손가락이 마치 개불과 멍게가 생식하면 탄생할 법한 생물처럼 변해 있었다.

"한포진이라네."

낯선 병명이었다. 휴대 전화로 한포진을 검색해 봤다. 면역계 질환이고 스트레스와 관련이 있긴 한데 원인이 뚜렷하지 않아, 마땅한 치료법이 없다는 내용이 떴다. 엄마는 손님들 보기 안 좋아서 큰일이라며 병원에서 처방해 준 스테로이드 연고를 손에 듬뿍 발랐다. 그 모습을 보는데 뭔가가 속에서 쑥 올라오며 얼마 먹지도 않은 초밥이 얹히는 것 같았다. 방금 올라온 건 뭘까.

상담하면서 상담사에게 배운 게 있었다. 순간순간 올라오는 감정을 잘 살펴봐야 한다는 것. 긍정적인 감정이든 부정적인 감정이든 자연스러운 감정이라고 인정하고 존중해야 한다는 것. 그래, 이 감정은 울화였다. 몸살이 나서 차라리 드러눕기라도 하지, 이 몸으로는 일 못 하겠다고 주저앉기라도 하지. 그러지도 못하고 꾸역꾸역 견디는 엄마 몸에, 조용히 물집만 부풀리는 엄마 몸에 울화가 치미는 거였다. 마음이 다시 급해졌다. 집에 잘 들어갔냐고 묻는 남자애의 메시지에 정성껏 답문을 보냈다. 이모티콘을 잔뜩 넣어서, 오늘 너무 즐거웠다고 재밌었다고 보냈다.

"이번 주말에 다시 만나기로 했어요. 옛날에는 얼굴도 안 보고 결혼했다는데, 저라고 못 할 게 뭐 있겠어요. 앵앵거리는 목소리도 듣다 보면 적응될 것이고, 자꾸 보다 보면 매력적인 구석을 찾아낼 수 있을 거예요."

상담사는 내 말을 듣고는 눈썹을 잔뜩 위로 올렸다가 내렸다. 동시에 깊은 숨을 내쉬었다. 처음 보는 반응이었다.

"다양한 사람들을 만나 보는 건 좋아요. 그런데 은호 학생 마음을 잘 살피면서, 자기 자신을 존중하면서 만나는 게 중요하거든요."

상담사가 좀처럼 하지 않던 조언 섞인 말을 하는 게 의아했지만 깊이 생각하지 않기로 했다.

"이거 하나만 약속할래요? 다음번 만날 때 잠자리는 갖지 않겠다고요."

"아니, 그걸 왜 선생님께서⋯⋯."

당황스러웠다. 잘 생각은 없었다. 그렇다고 절대 자지 않 겠다고 다짐할 일도 아니었다. 남녀 분위기라는 게 어떻게 흐를 줄 알고. 그런 걸 계획하는 것만큼 관계의 재미를 망치 는 것이 있을까. 상담사는 충분히 만나 보고 확신이 설 때까 지 기다리라고, 그래야 후회나 아쉬움이 없을 거라며 나를 설 득하려 들었다. 그럴수록 반감이 일었다. 급기야 이 상담 자 체에 의구심이 들었다. 대학이 심리 상담실을 만들어 학생들 에게 상담을 무료로 제공하는 것이 나름의 계략 아닐까 하는 의심이었다. 학생들의 마인드를 온건하게 만들어 사회에 순 응하게 하려는 계략. 부드럽고 유연한 방식의 계략. 그래서 상대가 자신도 모르는 사이 꼼짝없이 사로잡혀 버리는 계략. 그래, 이것 역시 상대의 심리를 조종해서 원하는 대로 통제 하려는 순한 맛의 가스라이팅이다. 하마터면 큰일 날 뻔했잖 아. 정신이 번쩍 들었다. 상담실 게시물 문구에 나와 있던 것 처럼 성숙한 사회인으로 성장하고 싶은 건 사실이었지만, 누 구 마음에 드는 사람은 되고 싶지 않은 묘한 반항심이 억제할 수 없이 솟아올랐다.

"이 상담실이요. 결국 대학 이미지 좋게 하려고 있는 건가 보네요. 문제 학생들을 미리 발견해서 개조하는 것, 건전하고 착실한 졸업생들을 배출하는 것, 스펙 잘 쌓는 데 집중하게 만들어서 취업률을 높이는 것이 상담실의 목적인가 보네요. 선생님, 저 상담 그만할래요. 더 할 필요 없을 것 같아요."

나는 마지막 말을 내뱉고는 도망치듯 상담실을 빠져나왔다.

4

이번엔 내가 데이트 코스를 짰다. 익숙한 종로 거리에서 남자애와 더 가까워질 기회를 만들고 싶었다. 씨네큐브에서 영화를 보고 보쌈 골목으로 이동해 술을 마시는 코스였다. 편안한 공간에서 다른 것에 신경 안 쓰고 남자애의 매력을 차근차근 찾아보기로 마음먹었다. 상담사의 말은 떨쳐 내려고 애썼다. 술 마신 후의 일은 의식하고 싶지 않았다.

프랑스 영화를 골랐다. 놀람과 걱정이 뒤섞인 시선으로 바라보는 남자 노인과 그 시선을 전혀 받아 내지 못하는 표정의 여자 노인의 얼굴로 채워진 포스터가 인상적이었다. 두 노인 사이에는 '사랑 그 자체인 영화'라는 문구가 가로놓여 있었다.

"이거 볼래?"

이 영화관엔 처음 와 본다며 주위를 두리번거리던 남자애는 어떤 영화든 상관없단 듯이 고개를 끄덕였다. 영화는 평화로운 노후를 보내던 음악가 부부가 투병 끝에 배우자를 떠나보내는 이야기였다. 롱테이크로 연출된 잔잔하면서도 은근히 긴장감이 감도는 장면에 몰입할 때마다 남자애가 내게 말을 걸어왔다. 내 귀에 바짝 얼굴을 들이대는, 다분히 성적인 의도가 담긴 접근이었지만 효과는 없었다. 오히려 그 반대였다.

"이 영화 진짜 어둡다, 그치?"

"재미없어? 미안."

남자애는 이런 지루하고 어두운 영화를 왜 보는지 잘 모르겠다며, 예술 좀 하는 사람들은 세상을 너무 무겁게 바라봐서 문제라고 했다. 밝고 경쾌한 것을 취향으로 삼을 수 있는 남자애를 향한 경멸과 부러움이 마음속에서 부딪쳤다.

"너는 어떤 영화 좋아하는데?"

"나는 히어로물. 담엔 그거 보러 가자."

내 표정이 좋지 않았는지 남자애는 덧붙였다.

"로코도 좋고."

영화 취향 따위 아무렴 상관없었다. 문제는 목소리였다.
목소리만 해결된다면야 집안의 반대라도 극복할 수 있을 것
같았다. 청각이 아닌 시각 등 다른 감각에 집중하려 애써 봤
다. 이것도 안 되면 촉각을 사용해야 할 것이다. 입이라도 맞
추면 앵앵거리는 목소리는 그만 들을 수 있을까. 눈앞이 깜
깜, 아니 귀가 먹먹해졌다.

영화를 보고 나와 저녁을 먹으러 가는 길에 스피치 학원을
발견했다. 학원 출입문에는 발성, 면접, 발음, 목소리 교정이
라고 씌어 있었다. 목소리는 어쩔 수 없는 영역이라 생각했
는데 교정될 수 있다니. 희망이 아예 없는 것은 아니었다. 내
게는 필요한 문구를 포착하는 재주가 있는 것 같았다. 차차
저곳으로 남자애를 자연스럽게 이끄는 것이 관건이었다.

세종대로 사거리로 들어서자 집회 행렬이 나타났다. 광화
문 방향으로 알전구를 뿌려 놓은 듯 작은 불꽃들이 일렁이고
있었다. 거리 한쪽 차벽 앞엔 헬멧을 쓴 전경들이 방패를 앞
세운 채 서 있었다. 깃발을 든 선두를 중심으로 행진이 시작
되는 참인 듯했다. 피켓과 촛불을 든 행렬 곁을 지나는데 남
자애가 갑자기 나를 보호한답시고 내 어깨를 자기 쪽으로 끌
어당겼다. 그러곤 노동 환경 개선과 비정규직 철폐 구호를

외치는 사람들을 흘끔거리며 세상에 불평불만이 많은 사람을 보면 안타깝다고 말했다. 나는 잠시 걸음을 멈추고 침을 삼켰다. 저들은 불평하는 게 아니라 세상을 자세하고 깊게 들여다보는 것 아닐까? 저들이 가진 건 불만이 아니라 세상을 변화시키려는 건강한 에너지 아닐까? 저들의 고민과 열정을 이해하지 못하는 네가 나는 더 안타까운데? 이런 말이 나오려는 걸 겨우 삼키느라 목이 뻣뻣해졌다. 깊이가 없어 그늘도 없는 이 얄팍한 남자애를 어떻게 좋아할 것인지 고민은 깊어졌다.

보쌈 골목으로 들어서자 남자애의 그늘이 드러나기 시작했다. 하지만 일말의 호감도 불러일으키지 못하는 그늘이라는 게 문제였다. 다닥다닥 붙어 있는 식당 사이로 난 좁은 골목 앞에서 남자애의 얼굴이 급격히 어두워졌다. 골목을 메울 듯 낮게 걸린 간판들의 불빛과 들통에서 피어오르는 김을 보자 식욕이 오르고 술이 당긴 나는 걸음을 멈추고 망설이는 남자애의 팔을 잡아당겼다.

엉거주춤 식당 안 테이블에 앉은 남자애는 표정을 잔뜩 굳히고 있었다. 그러곤 종업원이 날라다 준 물컵을 꼼꼼히 들여다보더니 얼룩이 있다며 바꿔 달라고 했다. 종업원이 가져온 새 물컵을 받아 들고는 "여기 물티슈는 안 주나요?"라고 말했다. 물티슈 달라고 말하면 될 것을, 왜 저렇게 말하나 싶었다. 약간 굽은 등을 다 펴지 못한 아주머니가 여러 번 테이블을 오가며 남자애의 요구를 들어줬다. 남자애와 나 사이로 곧 상이 차려졌다. 보쌈과 밑반찬과 소주가 나왔고 가스버너 위로 감자탕이 담긴 전골냄비까지 올라왔다. 보쌈을 시키면 서비스로 감자탕을 주는 것이 이 골목의 매력이었다. 내가 이 골목을 자주 찾는 이유이기도 했다. 나는 분위기를 바꿔 볼 요량으로 맛있겠다고 수선을 떨며 잔에 술부터 따른 뒤 국자로 감자탕 가운데에 소복이 쌓인 들깻가루를 국물에 섞었다.

"원래 이런 허름한 가게가 진짜 맛집이거든."

감자탕이 끓기 시작하자 남자애는 숟가락을 들고 미심쩍은 표정으로 국물을 한술 떠먹었다. 그러고는 얼굴을 찌푸리며 또 종업원을 불렀다.

"여기요."

말릴 새도 없었다.

"이거 너무 짠데 간 좀 다시 맞춰 주세요."

내가 물통의 생수를 좀 부어서 끓이면 된다고 했지만, 그는 아니라고, 이건 식당에서 해 줘야 하는 일이라며 들고 있던 숟가락으로 전골냄비 가장자리를 탁탁 두드렸다. 냄비의 진동이 테이블에 놓인 내 손까지 이어졌다. 탁탁탁탁. 아주머니가 다시 테이블로 다가와 냄비 손잡이를 잡을 때까지 남자애는 냄비 두드리는 일을 멈추지 않았다. 냄비 손잡이를 붙드는 아주머니의 손이 눈에 들어왔다. 군데군데 피부가 벗어져 빨간 속살이 드러나 있었다. 나는 잔에 담긴 소주를 들이켰다. 앞에 앉은 남자애보다 가만히 이 상황을 지켜보는 나를 견디는 일이 더 힘들었다. 꼭 그렇게까지 해야겠냐는 말을 하려는 찰나, 주방으로 들어가는 아주머니의 낮은 목소리가 들렸다.

"젊은 사람들이 되게 까탈스럽네."

그 말에 남자애가 주방 쪽으로 몸을 휙 돌렸다.

"저기요."

하지만 아주머니를 부른 건 나였다. 남자애와 아주머니가 동시에 고개를 돌려 나를 바라봤다.

"지금 뭐라고 하셨어요? 까탈스럽다고요? 사람마다 입맛이 다를 수도 있지, 뭐가 까탈스럽다는 거예요?"

이제는 식당의 모든 사람이 나를 쳐다봤다. 말을 뱉고 나서야 내가 누구를 향해 무슨 말을 했는지 깨달았다. 탁탁탁탁, 금속성의 소리가 머릿속에서 끊이지 않고 메아리쳤다. 남자애가 당황하며 나보곤 하지 말라고 손을 젓고 아주머니를 향해서는 고개를 꾸벅 숙여 보였다.

"죄송합니다. 죄송합니다."

그 모습이 나를 더욱 자극했다.

"보니까 저만 한 딸이 있을 것 같은데 딸이 어디 가서 까탈스럽다는 얘기나 듣고 다니면 좋겠어요? 딸이 깨끗한지 확실하지 않은 컵에 물을 마시고, 어디 가서 짜다는 얘기도 못 하고 그랬으면 좋겠냐고요? 네?"

나는 울먹거림을 감추기 위해 악을 쓰고 말했다. 아주머니의 표정을 보지 않으려 애쓰며 그대로 자리에서 일어나 가게를 뛰쳐나왔다. 영화 티켓은 내가 샀으니 밥값은 어차피 남자애의 몫이었다. 정신없이 집으로 향했다. 거리 풍경이 죄다 번져 보였다.

집에 도착해 방문을 닫자, 눌러놓았던 눈물이 솟구쳤다. 일을 마치고 집에 들어온 엄마가 내 방문을 열고 왜 그러냐고 물었다. 나는 책상에 엎드린 채 말했다. 엄마, 미안하다고.

"뭐? 뭐라고 웅얼거리는 거야?"

엄마가 말했다. 나는 고개를 발딱 들고 소리쳤다.

"미안하다고! 미안하다고! 왜 한 번에 못 알아들어?"

"미친년, 또 지랄이네."

엄마는 얼른 내 방문을 닫으며 중얼거렸다. 남자애한테선 연락이 없었다. 전화가 온다면 욕을 퍼부을 것만 같아서 나 역시 연락이 오지 않길 바랐다.

5

카페 창으로 밖을 내다보면 세상과 무관해지는 듯한 기분이 들었다. 햇빛이 쏟아지는 거리, 바람의 방향에 따라 흔들리는 가로수, 각기 다른 사람들의 옷차림과 걸음걸이. 나와는 상관없는 것처럼, 세상은 심상히 흘러갔다. 그리고 보면 손님들이 카페에서 구입하는 게 커피만은 아니었다. 집도 길도 아닌 경계의 공간에 앉아 있을 자리도 함께 구입하는 셈이었다. 세상을 관조하는 시간과 공간이 필요해서 카페에 오는 손님들은 쉽게 눈에 띄었다. 하지만 그건 손님에게 어울리는 포즈이지, 주인에게 어울리는 포즈는 아니지 않나. 그런 생각이 드는 건, 아까부터 줄곧 홀 구석에 놓인 의자에 앉아 멍하니 창밖을 내다보고 있는 사장 때문이었다.

요즘 사장은 평소답지 않게 차분히 가라앉아 있었다. 피부과도 가지 않는지 얼굴이 까칠했다. 생각에 깊게 빠져 손님이 들어와도 신경 쓰지 않았다. 재고 주문도 잊었는지 떨어저 가는 재료가 많았다. 허브티 몇 종류는 아예 바닥이었고, 원두도 이틀 이상 가기 어려울 것 같았다. 우유가 제일 급했다. 냉장고를 열어 보니 고작 한 통 남아 있었다.

"사장님, 우유 떨어져 가요."

"그래? 주문하는 걸 깜빡했네."

"우선 마트에서라도 사 올까요?"

"응, 일단 두 통만 사다 줄래?"

사장은 다시 창밖으로 시선을 돌렸다. 그러다 갑자기 무슨 생각이 났는지 벌떡 일어나 카운터로 다가와 서랍을 열고는 작은 상자를 꺼내 내게 건넸다.

"가는 길에 이것 좀 부탁할게."

크라프트지로 포장된 종이 상자였다. 겉면엔 이름도 없이 받는 쪽 주소 하나만 적혀 있었다. "이게 뭔데 그래요? 무슨 알바생한테 이런 개인 심부름을 시켜. 노동청에 고발……" 까지 말하고는 그만두고 상자를 받아 들었다. 사장의 얼굴이 너무 풀이 죽어 보였기 때문이다.

우체국에 다녀오자 사장이 수선을 떨며 나를 맞았다.

"고생했어, 은호 씨. 내가 저녁엔 맛있는 거 포장해 올게. 초밥 어때, 초밥?"

하지만 억지 활기라는 게 티가 났다.

"초밥이라면 질색이에요."

나는 우유를 냉장고 안에 넣으며 말했다.

"사장님, 이렇게 태만할 거면 재고 관리도 그냥 제가 할게
요. 이젠 아예 가게를 나한테 맡기려나 봐. 요즘 왜 그래요?
무슨 일 있어요?"

"아니이, 일은 무슨."

사장은 아니를 길게 늘이며 대답했다. 무슨 일이 있는 게
분명했다.

저녁이 되자 눈이 내릴 거라는 예보와 달리 폭우가 쏟아졌
다. 겨울답지 않게 날씨가 푹했다. 손님들이 들고 온 우산에
서 빗물이 떨어져 카페 입구가 흥건해졌다. 우산을 꽂는 커
다란 양동이를 출입문 쪽에 내다 놓았다. 카페 마감을 하는
데 양동이에 우산 하나가 고인 빗물과 함께 남아 있었다. 손
잡이 코팅이 조금 벗겨진 검은 장우산이었다. 비가 그쳤다면
잊고 갔을 수도 있겠지만 비가 여전히 내리는데 누가 어째서
두고 갔는지 알 수 없었다. 우산도 없는데 잘됐다 싶어 그걸
쓰고 집으로 향했다. 하지만 빗줄기가 세차서 둘레가 꽤 넓
은 우산임에도 한 블록도 못 가 허리 아래로는 다 젖고 말았
다. 도로에 고인 빗물이 자동차 바퀴에 휘감겼다가 큰 호를

그러며 인도로 뛰었다. 이미 다 젖어서 굳이 피할 필요도 없었다.

대문을 통과하려면 우산살을 잡아당겨 둘레를 좁혀야 했다. 머리를 숙이고 대문을 통과하는데 담장과 건물 사이의 좁은 통로에서 누군가 불쑥 나타났다. 놀라서 하마터면 우산을 떨어뜨릴 뻔했다.

"깜짝이야! 놀랐잖아."

어둠 속에서 모습을 드러낸 사람은 엄마였다.

"거기서 뭐 해? 엄마."

"밑에 좀 봐. 하수구가 꽉 막혀서 집에 물난리 나겠어."

아래를 내려다보니, 바닥에 흥건히 고인 물이 우리 집 창틀 바로 아래에서 찰랑거리고 있었다. 빗물이 창문 너머 벽을 타고 집 안으로 흐르는 건 시간문제였다. 집주인도, 1, 2층에 사는 다른 세입자도, 아무도 나와 보는 사람이 없었다. 우리에게만 중요한 문제였다. 엄마는 하수구에 쌓인 쓰레기를 건져야 한다며 우선 집으로 들어가자고 했다. 싱크대 서랍을 뒤진 끝에 엄마는 집게와 봉지를 꺼내 들었다.

"내가 우산 받쳐 줄게."

"됐어. 이미 비 다 맞았고 우산 써 봐야 소용없어. 너는 여기 있어. 감기 들어."

엄마는 따라나서려는 나를 물리치며 혼자 다시 집 밖으로 나갔다.

방 안이 빗소리로 가득 찼다. 유리창 너머로 엄마의 모습이 일렁였다. 창문을 조금 열자 격자무늬 철망을 들어내고 하수구 속으로 집게를 집어넣는 엄마가 보였다. 낙엽과 비닐봉지가 뒤엉킨 쓰레기가 집게 끝에 딸려 나왔다. 잠시 뒤 벽 너머로 뭔가 쿨럭쿨럭 넘어가는 소리가 들려왔다. 쓰레기는 계속 나왔다. 엄마의 머리카락과 턱에서는 빗물이 뚝뚝 떨어졌다. 얼마나 더 해야 하나, 너무 춥지 않을까, 생각하면서도 일이 빨리 끝나기만을 바랄 뿐, 그냥 가만히 서서 엄마를 바라보는데 문득 이 상황이 낯설지 않았다. 비를 맞는 엄마의 모습도, 가만히 서 있는 내 모습도 전에 본 적 있는 것 같았다. 오래전의 일이 반복되는 느낌이었다. 혀를 씹은 듯 입안에서 피 맛이 났다.

마당 있는 집에 살던 시절, 장마가 시작된 초여름 무렵이었다. 저녁부터 집안의 공기가 엄마 아빠 사이를 오가는 추측과 판단과 단정으로 팽팽해지기 시작했다. 밤이 되자 긴장감은 질문 아닌 질문들로 가파르게 고조되었다. 지금 내가 우습게 보이냐, 너 잘났다는 거냐, 끝장을 보자는 거냐……. 그러는 내내 나는 동생과 작은방에서 숨죽이고 있었다.

깊은 밤 마침내 아빠가 고함을 내질렀다.

"꺼져. 당장 안 꺼져!"

이후로는 정적이었다. 잠시 뒤 현관문이 열리고 닫히는 소리만이 들렸다.

얼마 지나지 않아 굵은 빗줄기가 지붕을 두드리기 시작했다.

"은호! 얼른 나가서 쪽문 닫아."

천둥소리에도 놀라지 않던 내 몸이 안방에서 넘어오는 아빠의 신경질적인 목소리에 용수철처럼 튀어 올랐다. 안방에는 뒤껻으로 이어지는 쪽문이 하나 있었는데 문틀에 못으로 박아 놓은 모기장 때문에 문을 여닫으려면 집 바깥으로 나가야 했다.

나는 곧장 현관문으로 뛰어가 우산을 집어 들었다. 놀란 가슴이 진정되지 않아 우산 끝이 벌벌 떨렸다. 문을 열고 우산을 펼치는데 컴컴한 마당 한쪽에서 엄마가 쑥 나타났다. 엄마는 우산 없이 비를 맞고 있었다. 한 손으로는 손차양을 했고 남은 한 손으로는 나를 향해 그냥 들어가라는 손짓만 했다. 어찌할 바를 몰라 가만히 서 있는 내게 엄마는 말없이 계속 손짓만 했다. 나는 뒤껻으로 향하는 엄마를 아무 말 못 하고 바라봤다. 흠뻑 젖은 흰 티셔츠가 엄마 몸에 달라붙어 있었다. 엄마 모습이 뒤꼍으로 사라지고 곧 쪽문이 닫히는 소리가 들렸다. 나는 그 자리에 서서 잠시 기다렸다. 엄마는 마당에 다시 나타나지 않았다. 나는 곁눈질로 안방을 살피며 방으로 돌아왔다. 아빠는 이불을 목까지 끌어당긴 채 눈을 감고 누워 있었다.

엄마가 오들오들 떨며 계단을 내려왔다. 엄마 몸에서 물기가 뚝뚝 떨어졌다.

"뭘 그렇게 쳐다보고만 있어?"

엄마는 이거나 쓰레기통에 넣으라며 손에 든 봉지와 집게를 내게 건넸다.

"엄마, 언제 들어왔던 거야?"

기억에 없었다. 엄마가 그날 언제까지 밖에서 비를 맞고 있었는지, 언제 집에 들어왔었는지. 엄마가 밖에 있는 동안 나는 무얼 하고 있었지? 달군 젓가락 같은 것이 명치를 푹 찌르며 들어왔다.

"뭘 언제 들어와? 지금 들어온 거 안 보여?"

엄마는 수건으로 몸의 물기를 닦으며 말했다.

"하수구에 쓰레기가 얼마나 많이 쌓여 있는지. 그래도 결국 뚫었네. 엄마 혼자 대단하지 않냐?"

남자 없이도 이런 것쯤은 해결하며 산다는 자부심 섞인 엄마의 말은 하나도 귀에 들어오지 않았다.

"얘가 왜 이렇게 또 넋을 놓고 있대?"

엄마와 나는 알 수 없다는 눈빛으로 한동안 서로를 마주 봤다.

6

"선생님, 지난번에 그렇게 나가서 죄송해요."

상담사는 여느 때와 다름없이 나를 맞아 줬다.

"괜찮아요. 내 말이 은호 학생을 많이 자극했나 봐요. 내가 생각이 짧았어요. 미안해요."

"아니에요. 제가 괜히 흥분하고 확대 해석해서……. 그런데 선생님도 생각이 짧을 때가 있어요?"

"그럼요. 저도 사람인걸요. 잘못 판단하고 실수하고, 수습하느라 애먹고 그렇죠."

자신의 잘못이라고 말하는 상담사의 모습에 더 겸연쩍어졌다. 부족함을 들키지 않으려 방어적인 자세를 취하며 움츠러들었던 내 모습이 떠올랐다. 상담사처럼 저렇게 부족함을 드러내도 상관없다는 것을, 아니 그럴수록 오히려 더 단단해 보인다는 것을 이전에는 미처 몰랐다.

"자, 이제 은호 학생 얘기 들어 볼까요? 어떻게 지냈는지 궁금해요."

그간 있었던 일을 전하며 선생님 말대로 그 남자애랑 자지 않았다고 고하자 상담사가 바람 빠지는 소리를 내며 웃었다.

"그래요. 잘했어요."

비 내리던 날의 이야기도 상담사에게 꺼내 놓았다.

"아빠는 이불 밖으로 나오기 싫어서 저보고 쪽문을 닫으라고 시킨 거였어요. 한밤중에 비가 쏟아지는데, 본인이 나가기 귀찮다고 애를 시키는 인간이었던 거예요."

말을 할수록 그때로 돌아간 것처럼 열이 올랐다. 오래전 일이었지만 불씨가 남았는지 작대기로 휘젓자 불길이 되살아나며 가슴이 홧홧 타들어 가는 것 같았다. 아빠에 대한 감정은 남아 있지 않다고 생각했는데, 이런 분노가 감춰져 있었다는 것도 당황스러웠다.

"그때는 가만히 있다가 이제야 화를 내는 저 자신도 이해할 수 없네요."

상담사는 당시에는 어려서 제대로 인식할 수 없어 억눌렀던 분노가 이제 터져 나오는 거라고 말해 줬다. 심리학책에서 봤던, 감정은 억누른다고 사라지는 게 아니라는 말이 이해됐다. 상담사는 억눌린 감정은 많이 터뜨릴수록 좋다고 덧붙였다. 분노의 대상은 곧 나로 옮겨졌다.

엄마 들어와. 그 한마디를 왜 못 했을까. 엄마가 계속 밖에서 비를 맞고 있다는 걸 알면서 왜 나만 들어왔을까. 하다못해 우산이라도 전해 줘야 하는 거 아닌가. 나는 과거의 나를 추문했다. 나는 우산을 전해 주기는커녕 내가 닫은 게 아니란 걸 아빠가 눈치챌까 봐 현관에서 신발 소리를 내며 시간만 끌다가 들어왔다. 사실 아빠와 나는 한 치도 다르지 않은 인간인 게 아닐까. 인정하기 쉽지 않은 생각이었다. 속이 뜨거워지면서 나쁜 새끼, 난 네가 무서워서 그랬다는 말이 튀어나왔다.

"그때 은호 학생은 어렸어요. 그리고 그 일은 엄연히 부부 사이의 문제지 은호 학생의 문제가 아니에요."

상담사가 티슈 케이스를 내 쪽으로 밀었다. 상담사의 말에도 나를 향해 치미는 분노는 가라앉지 않았다.

"음, 우리 그 사건을 다시 천천히 들여다보는 게 좋겠어요. 아빠가 은호 학생에게 문을 닫으라고 시킨 다른 이유가 있진 않았을까요?"

"본인이 나가기 귀찮아서 저한테 시킨 거라니까요."

그렇게 대답하자마자 다른 생각이 머리를 스쳤다. 혹시 엄마를 들어오게 하려고? 비 내리니 그만 들어오라고 본인이 나가서 말하기가 멋쩍어서? 내게 엄마 불러오라고 시키기엔 민망해서? 그래서 돌려 말한 건가? 그런 생각이 들자 찬물을 뒤집어쓴 것처럼 머리가 띵했다. 혼란스러웠다. 아빠가 이 정도까지 비겁하고 치사하다고? 아빠가 어떤 사람인지 분명해질수록 내 수치스러움은 커져만 갔다.

상담사는 또 다른 관점도 제기했다.

"내가 은호 학생 엄마였다면요. 일부러 안 들어왔을 것 같아요. 남편 마음을 불편하게 하고 싶어서 쪽문을 대신 닫은 채 밖에서 견뎠을 것 같아요. 죄책감 느끼라고요."

자신의 희생과 고생을 앞세워 상대에게 죄책감을 느끼게 하는 엄마의 방식은 이미 익숙했다.

그게 사실이라면 나는 둘의 싸움에 필요 이상의 감정을 느낀 셈이었다. 그 사건에는 내 책임이 없다는, 나는 특별히 나쁜 것도 착한 것도 아니었다는 결론에 이르자 맥이 풀렸다. 나는 서둘러 감정 하나를 붙잡았다.

"엄마가 정말 그래서 안 들어온 거라면, 더 안쓰러워요. 그렇게 자신을 갉아먹는 방식으로 아빠를 괴롭힐 수밖에 없는 엄마가 안타까워요. 아마 쪽문 옆에 서서 엄마는 오래 떨며 울었을 거예요."

"엄마의 감정을 은호 학생이 다 헤아리고 떠맡지 않아도 돼요. 엄마에게 너무 많은 마음의 짐을 느낄 필요도 없고요."

"엄마의 감정과 제 감정을 구분하라는 말씀이신 거죠?"

"맞아요. 은호 학생이 엄마에게 바라는 것처럼, 은호 학생도 엄마를 놓아줘요. 편안하게 힘을 빼면서 건강한 경계를 세우는 거죠."

"경계, 그거 어떻게 세우는 건데요?"

"우선, 상황이나 타인의 언행을 지나치게 나 중심으로 해석하고 있진 않은지, 책임감이 너무 강한 나머지 자신을 과대평가하는 건 아닌지 생각해 볼 필요가 있어요."

"과대평가요? 제가 저를 얼마나 보잘것없다고 생각하는지 선생님도 아시잖아요."

"나를 보잘것없다고 폄하하는 것도 내가 우월해야 한다는 생각 때문일 수 있어요. 자기 자신에 대한 기대치가 너무 높기 때문에 자기 탓을 더 많이 하는 거죠."

너무 많은 생각들이 몰려왔다. 시간이 필요했다.

"잠시, 잠시만요."

나는 아무것도 내게 다가오지 못하도록 막는 것처럼 손바닥을 들었다. 상담사는 내가 침묵 속에 있도록 해 주었다. 차츰 내가 이 상담실에서 했던 많은 말들이 떠올랐다. 엄마가 내게 공감과 지지를 해 줬더라면 훌륭한 사람이 되었을 거라는 생각, 평범한 삶을 얕보면서 더 의미 있는 삶을 살고 싶어 하던 내 태도, 성실히 스펙을 쌓는 다른 이들을 깎아내리던 내 모습이 하나의 줄로 연결됐다.

"저는 저를 특별하다고 생각했던 걸까요?"

"사람은 누구나 특별해요. 하지만 마음 깊은 곳에 있는 열등감과 공허함을 보상하기 위해 일어나는 특별하다는 생각은 스스로를 힘들게 할 뿐이죠."

갑자기 달라진 상담사의 상담 방식에 적응이 되지 않았다. 들어 주기에 집중했던 전과는 달리 적극적으로 상황과 감정을 해석해 주고 있었다. 단번에 이해되진 않아도 내게 도움이 되는 얘기인 것 같았다. 상담사와 한층 가까워진 것 같은 느낌도 들었다. 어리벙벙한 얼굴로 고개만 끄덕이는 사이, 상담 시간 50분이 종료됐다.

5장

그늘의 가능성

1

작고 어두운 방이었다. 아무것도 없이 텅 빈 방. 빛 한 점 없이, 텅 비어 있다는 것을 분간할 만큼의 흐릿함만 고루 퍼져 있는 방에 나 혼자 있었다. 사방에는 완강한 벽뿐이었다. 아무리 살펴봐도 창문이나 문 같은 건 보이지 않았다. 그런데도 자꾸 길을 잃는 느낌이었다. 한동안 헤매다가 저만치 바닥에 이상한 것이 있는 걸 발견했다. 가까이 다가가 내려다보니 바닥에 커다란 구덩이가 뚫려 있었다. 들여다보는 사람을 집어삼킬 것 같은 캄캄하고 깊은 구덩이였다. 나는 고민했다. 이 방을 빠져나가려면 다른 수는 없어 보였다. 이 방에서 유일한 출구는 이것뿐이었다. 발 한쪽을 구덩이에 집어넣어 보았다. 머리가 아찔해졌다.

주변에서 사람들의 목소리가 들려왔다. 소리가 들려오는 쪽을 향해 고개를 두리번거렸지만, 방향을 가늠할 수 없었다. 형체는 보이지 않았고 목소리만 있었다. 한두 사람이 아니었다. 목소리들은 말했다. 너 왜 그래? 그만둬. 내게 하는 말일까. 그럼 어떡해요? 내가 허공에 대고 소리쳤다. 바보야. 그만둬. 대체 어쩌려고 그래. 웅성거리는 목소리는 방법은 알려 주지 않고 질책하기만 했다.

순간 서늘한 바람이 다리를 스치고 지나가는 게 느껴졌다. 다시 고개를 숙여 아래를 바라보았다. 까마득한 저 아래 누군가 있었다. 누군지 보려고 몸을 깊숙이 굽히자 마침내 모습이 보였다. 엄마였다. 엄마가 어리둥절한 얼굴로 구덩이 중간을 서성거리고 있었다. 엄마! 하고 소리쳐 불렀다. 두리번거리던 엄마의 얼굴이 내 쪽을 향했다. 엄마와 눈이 마주치려는데 순간 눈앞이 아뜩해졌다. 흐릿함이 완전한 어둠으로 바뀌었다.

구덩이 아래로 떨어지는 와중에도 정신은 또렷하게 몸이 느끼는 감각들을 헤아리고 있었다. 느린 추락이었다. 중력의 영향에서 벗어난 것처럼 몸이 가벼웠다. 가벼워진 몸의 느낌이 어색하다 못해 두려웠다. 나는 뭔가 디딜 만한 것이 나타나기를 바랐다. 하지만 주변엔 아무것도 없었다. 내가 할 수 있는 건 공중에 몸을 내맡기는 것뿐이었다. 힘을 빼고 싶었지만, 마음처럼 되지 않았다.

잠에서 깨어났을 땐 온몸이 땀에 젖어 있었다. 두 손으로 바닥을 더듬었다. 몸이 단단한 바닥에 잘 붙어 있었다. 하지만 꿈의 여운은 여전히 남아 있었다. 고속 엘리베이터나 놀이 기구를 탔을 때 잠깐씩 느꼈던 무중력이 길게 이어진 듯한 느낌은 무척 낯설고 묘했다. 휴대 전화로 무중력에 대해 검색해봤다. 무중력, 중력, 자유 낙하 등 연관해서 이어지는 글들을 읽으며 그동안 내가 무중력에 대해 잘못 알고 있었다는 걸 깨달았다. 무중력은 중력이 사라진 상태가 아니었다. 우주에서 무중력을 느끼는 이유는 중력이 없기 때문이 아니라 추락하고 있기 때문이다. 중력이 존재하더라도 중력에 대항하는 힘이 없으면 무중력을 느끼는 것이다. 그러니까 무중력은 무엇과도 접촉할 수 없어 중력에 저항할 수 없는 상태에서 느끼는 감각이었다.

휴대 전화에 새 게시물을 알려 주는 알림이 떴다. 윤지 선배의 계정을 누르자 드림캐처 사진이 보였다. 방문에 매달아 놓으면 악몽을 걸러 주고 좋은 꿈을 꾸게 해 준다는 물건. 파란 바다를 배경으로 동그란 그물에 달린 깃털이 바람에 나부

끼고 있었다. 사진 아래의 해시태그를 읽었다. #내첫작품 #폐그물업사이클링 #바다도지키고 #내꿈도지키고 #악몽안녕 #좋은꿈만꾸길 #개당만삼천원 #두개사면이만오천원.

휴대 전화를 내려놓고 천장을 바라보다가 선배에게 문자 메시지를 보냈다. 선배는 동해에 있는 항구 도시의 예술촌에서 일하고 있다고 했다. 온라인으로 기차표를 예매했다.

— 선배가 만든 거, 지인 할인 해 줘요?

— 이걸 사러 여기까지 온다고? 차비가 더 나올걸.

— 그러니까 지인 할인 해 줘요.

알록달록한 벽화가 그려진 좁고 가파른 골목길을 올라 공방에 도착하니 저 멀리 탁 트인 바다와 항구가 내려다보였다. 소금기를 머금은 바닷바람이 이따금 공방 처마에 매달린 드림캐처와 빨랫줄에 걸린 천연 염색된 천들을 흔들고 지나갔다. 학교 다닐 때는 패션과 담쌓은 사람처럼 지냈던 선배도 풍경에 어울리는 모습으로 바뀌어 있었다. 양 갈래로 땋은 머리에 코바늘로 뜬 주황색 모자를 쓰고, 발목까지 내려오는 히피풍 원피스를 입고 있었다. 더 짙어진 듯한 얼굴의 주근깨도 옷차림과 퍽 어울렸다.

선배가 나를 공방 안쪽 공간으로 이끌었다. 천장이 낮은 공방 한쪽엔 색색의 옷감과 조개껍데기가 가득한 바구니가 놓여 있었고, 구석구석엔 끈으로 감아 만든 무드 등이 빛을 밝히고 있었다. 벽과 선반에는 반짝이는 펜던트 목걸이와 다양한 디자인의 에코백 등 눈길을 끄는 물건들이 잔뜩 놓여 있었다. 아기자기한 일러스트로 가득한 그림책 속에 들어온 것 같았다.

선배는 예술촌의 해양 쓰레기 업사이클링 프로젝트 팀에 속해 있었다. 바다에 나가 쓰레기를 줍고, 아이디어를 구상하고, 재료 정리도 하면서 예술촌 작가들의 작업을 지원한다고 했다. 그러다가 드림캐처 만드는 작업을 책임지게 됐다고 한다.

"저 목걸이, 전등, 가방 모두 바다에 버려진 유리 조각이나 그물로 만든 거야. 원데이 클래스를 열어 보면 좋겠다는 아이디어를 내서 시작했는데 은근히 반응이 괜찮아. 해양 보호 홍보 효과도 좋고."

"멋지다. 선배가 이렇게 좋은 일 하면서 살 줄은 몰랐네."

"좋은 일은 무슨, 생각보다 이거 노가다야. 바다에 가서 쓰레기 줍고, 재료 세척하고 정리하다 보면 허리가 끊어질 거 같아. 그래도 재밌어. 좋은 일이라고 생각하면 못 할 거 같은데, 재밌어서 좋아."

"역시 재밌는 게 최고인가 보네요."

"너도 온 김에 만드는 법 배워 볼래? 지금 작업할 양은 많은데 일손은 부족하거든."

"오랜만에 만났는데 이러기예요? 다들 나 보면 일 못 시켜서 안달이야."

"아니면 재료 줄 테니까 나중에 만들어서 보내 주든지. 취미로도 부업으로도 괜찮을걸?"

"진짜 진심이구나, 선배."

선배의 반짝이는 눈동자를 보니 웃음이 났다. 여기까지 왔으니 바다를 안 보고 갈 수 없었다. 바다에 가서 할 일 있으면 얘기해 달라고 했다.

며칠 전 내렸다는 눈이 해변에 얇게 쌓인 채 남아 있었는데도, 각종 쓰레기가 심심치 않게 눈에 띄었다. 선배와 해변을 거닐며 바다 유리를 주웠다. 수경 식물을 키우는 병에 담아 놓으면 예쁘겠다고 말하자 윤지 선배가 좋은 아이디어라며 휴대 전화에 메모했다.

점심을 먹으러 항구에 있는 물횟집에 갔다. 처음 먹어 보는 음식이었는데 동해에서만 판다는 소주를 곁들이니 맛이 그만이었다.

"넌 요즘 어때?"

"선배, 나 내심 나를 특별하게 생각하고 있었나 봐요. 좀 다르게 살고 싶어 한 것도 그래서였던 것 같아요. 우습죠?"

"몰랐어? 다른 사람들이 널 어떻게 볼지 눈치 보는 것도 그래서잖아. 모든 사람이 널 보고 있기라도 한 것처럼."

"진짜? 그걸 알면서 왜 나한테 말 안 해 줬어요?"

"불안해서 그러는 거 같았거든."

마음이 쿵 떨어졌다. 발가벗겨지는 기분이었다. 잔에 담긴 소주를 얼른 입안에 털어 넣었다.

"은근히 잘난 척은 엄청 하는데 속으로는 겁에 질려 있는 게 보였어."

선배가 빈 잔을 채워 주며 말했다. 벗겨지는 것도 모자라 이제는 메스로 해부되고 있었다. 상담사 같은 전문가 앞에서라면 몰라도 윤지 선배 같은 돌팔이한테 해부되었다가는 후유증이 남을지도 몰랐다. 나는 테이블 가장자리에 놓아둔 드림캐처 쪽으로 말을 돌렸다.

"악몽 꾸면 반품해 줘요?"

"응."

"진짜요?"

"증명하면. 악몽을 꿨다는 물증을 가지고 오면."

"치사해."

"대체 무슨 꿈을 꿨기에 그래?"

"문도 창문도 없는 텅 빈 방에 구덩이가 있었어요. 캄캄하고 깊은 구덩이요. 방을 빠져나오려고 구덩이를 들여다보는데 거기에 엄마가 있는 거예요. 어느 순간 나도 그 구덩이로 굴러떨어졌고요."

"키 크는 꿈이네."

"키 클 나이는 한참 지났는데요?"

"마음의 키는 계속 자라야 할걸?"

말문이 막혔다. 수긍이 됐기 때문이다.

"악몽도 아니네. 그래도 방문에 걸어 놔. 이 드림캐처가 밤에 꾸는 꿈에만 효력이 있는 게 아니거든."

"다른 효력이 있어요?"

"자면서 꾸는 꿈이랑 희망을 뜻하는 꿈이랑 같은 단어인 거 신기하지 않아? 우리말뿐 아니라 다른 언어도 마찬가지고. 그걸 알고 나서부터는 좋은 꿈 꾸라는 말이 다른 의미로 들려."

"그러네요. 밤에만 좋은 꿈 꿔야 하는 게 아니네요."

깨어 있을 때도 악몽을 꿀 수 있다는 선배의 말이 어려움 없이 이해됐다. 얘기하다 보니 꿈속에서 느꼈던 가벼운 느낌이 되살아났다. 그 꿈은 가벼움 역시 무거움만큼이나 감당해야 하는 것이라는 걸 알려 주고 있었다. 나의 중력, 엄마. 그제야 엄마가 꿈에 나온 이유를 이해할 수 있었다. 나는 속으로 중얼거렸다. 가벼움도 기꺼이 감당해 보겠다고.

"지인 할인은 얼마나 해 줄 거예요?"

"너 나한테 뭐 해 달라고 말하는 거 처음인 거 알아?"

그랬나. 생각해 보니 나는 다른 사람에게 좀처럼 부탁하는
일이 없었다.

"술 먹고 인사불성이 됐을 때나 한잔 더 하자고 조르지. 다
른 사람 도움을 받으면 큰일이라도 나는 것처럼 굴었잖아."

선배 말대로 나는 어려운 일이 생길 때마다 누군가에게 도
와 달라고 말하기보다 혼자 견디는 편을 택해 왔었다. 폐를
끼치지 않으려는 배려라고 생각했지만 실은 도움을 받는 게
두려웠는지도 모른다. 그러다 정말 약해질까 봐, 도움이 없
으면 무너질까 봐 독립적인 척해 왔던 건지도 모른다.

내가 아무 말 없이 눈만 깜빡이고 있자 윤지 선배가 포장된
드림캐처를 하나 더 꺼냈다.

"할인은 무슨. 그냥 가져. 첫 고객 특별 혜택이야. 엄마한
테도 하나 드리고."

"엄마 것까지? 고마워요."

내 입에서 나오는 고맙다는 말이 어색하게 느껴졌다. 도움
은 필요 없다는 듯 굴었으니 누군가에게 고맙다고 말한 적도
별로 없었다.

"부탁도 하고, 고맙다는 말도 하고, 너 좀 달라진 거 같다?"

"이전의 나를 죽였나 보죠."

"싱겁긴."

윤지 선배가 어이없다는 듯 웃었다. 하루 자고 가라는 윤지 선배의 말에 고민하는데 카페 사장의 문자가 도착했다.

― 은호 씨 내일은 꼭 나와야 해. 알았지? 자기 없으니까 나 감당 안 돼.

윤지 선배에게 다녀온 다음부터 나는 아침마다 내게 인사했다. 좋은 꿈 꿔. 밤의 꿈은 내가 어찌할 수 없는 영역이지만, 낮의 꿈은 내가 결정할 수 있으니까.

엄마가 각자의 방문에 걸린 드림캐처를 보고 물었다.

"웬 거야?"

"악몽을 걸러 주는 거래. 옛날 아메리카 원주민들은 이걸 걸어 두면 좋은 꿈을 꾸게 된다고 믿었다네."

"이게?"

"응. 엄마 꿈자리 뒤숭숭하다고 할 때 많잖아. 그리고 아침에 일어나서도 좋은 꿈 꾸라고."

엄마는 골똘히 드림캐처를 들여다보더니 말했다.

"예쁘네."

218

지저분하게 쓸데없는 걸 걸어 놨냐고 할 줄 알았는데, 반응
이 의외였다.

"친한 선배가 직접 만든 거야."

내가 자랑하듯 말하자 엄마가 혼잣말로 중얼거렸다.

"나도 한때는 손으로 만드는 거 좋아했는데."

"맞다, 엄마 손재주 좋잖아?"

앉은 자리에서 라탄 바구니와 수세미를 뚝딱뚝딱 완성해
내던 엄마의 모습이 떠올랐다. 결국 내 책으로 돌아왔던 그
것들. 나는 엄마에게 이게 해양 쓰레기를 재활용해서 만든
거라고 설명했다. 바다 오염이 얼마나 심각한지, 이런 활동
이 환경에 어떻게 도움이 되는지, 장황하게 이어지는 내 말에
도 엄마는 가만히 귀를 기울였다.

2

한창 바쁜 시간, 사장 애인이 카페 문을 열고 뚜벅뚜벅 걸
어 들어왔다.

"사장 어디 있지?"

"나가셨는데요."

"어디?"

남자의 말이 짧았다. 내 대답도 곱게 나갈 리 없었다.

"전화 안 해 보셨어요?"

남자가 날카롭게 나를 쏘아봤다. 왜 그런 것을 물어보냐는 표정이었다. 어리숙해 보이던 이목구비 안에 뜻밖에 뾰족한 눈빛이 감춰져 있었다. 남자는 매장을 한번 휘둘러보더니 카운터에서 가까운 테이블에 가서 앉았다. 사장이 올 때까지 기다릴 모양이었다.

사장은 로스팅 머신을 알아본다며 나간 참이었다. 학교 안에 스타벅스가 들어온다는 소문이 있으니 차별화를 시켜야한다고, 우리 카페에서만 맛볼 수 있는 커피가 있어야 한다고, 그동안 사장을 설득했던 게 요즘엔 통하고 있었다. 카페를 취미 삼아 운영하는 것 같더니 내게 좋은 원두가 뭐냐고 물어보며 발품을 파는 등 부쩍 공을 들이는 모습이었다. 꼭 내가 있는 시간에만 가게를 맡겨 두고 나가서 나는 혼자 바빴지만, 나쁘진 않았다. 쉴 새 없이 주문을 받고 음료를 만들고 바를 정리하다 보면 잡생각이 없어져서 좋았다.

"커피 한 잔 드릴까요?"

한동안 모른 척 내버려 두다가 남자에게 물었다. 남자는 입을 다문 채 무성의하게 고개를 저었다. 커피 주문이 끊임

없이 밀려들었다. 에티오피아산 원두와 과테말라산 원두를 추가로 납품받아 고객이 선택할 수 있는 원두 종류를 늘렸더니 커피를 찾는 손님이 부쩍 늘었다.

뚱하게 앉아 있던 남자가 물었다.

"요즘 장사가 잘되나?"

"바쁜 거 보면 모르세요?"

나는 일부러 큰 동작으로 포터 필터에 원두를 꾹꾹 눌러 담으며 대답했다.

30여 분 지났을 때쯤 사장이 카페로 돌아왔다. 유리문을 열고 들어오던 사장은 테이블에 앉아 있는 애인을 보고 흠칫 놀라며 걸음을 멈췄다. 남자는 들어왔던 걸음걸이 그대로 뚜벅뚜벅 사장 앞으로 걸어갔다.

"왔어요? 연락하고 오……."

사장의 말이 끝나기도 전에 남자가 손가락을 들어 사장의 관자놀이를 쿡쿡 찔렀다.

"주면 주는 대로 받지. 뭐 잘났다고 그걸 집으로 되돌려 보내? 뭐 하자는 거야? 이제 뭐 볼 장 다 봤다는 거야?"

사장의 머리가 힘없이 흔들리면서 뒤통수에 고정되어 있던 집게핀이 흘러내렸다. 그대로 두고 볼 수 없었다. 내가 카운터 밖으로 뛰어나오자 사장이 자신은 괜찮으니 신경 쓰지 말라는 듯 손바닥을 펼쳐 보였다. 그러곤 핀으로 머리카락을 추스른 다음 여기서 이러지 말고 나가자며 남자의 팔을 붙잡고 다시 가게 밖으로 나갔다. 본인들 목소리가 얼마나 큰지 모르는 것 같던 몇몇 테이블의 손님들이 소리를 낮춰 수군거리기 시작했다. 나는 오디오 스피커의 볼륨을 높였다.

사장은 카페 마감이 한 시간 남았을 때쯤 돌아왔다. 무슨 일이냐고 물어보려다 입을 다물었다. 때론 관심이 잔인한 일이 될 수도 있었다. 카운터 앞에 잠시 머물던 사장은 곧 가방을 챙겨 나갈 준비를 했다.

"은호 씨, 나 오늘 먼저 들어갈게. 자기도 가게 정리하고 일찍 들어가."

문으로 향하던 사장이 뒤를 돌아보며 허탈한 목소리로 말했다.

"진짜 먹고살기 힘들다. 그치?"

창밖의 네온사인을 등진 사장의 얼굴에 웃음이 떠올랐지만, 피로한 기색을 가리지는 못했다. 사장은 바닥 한 지점을 향해 눈을 내리깔았다가 다시 들며 말했다.

"은호 씨, 자기는 엄마가 나처럼 살았으면 좋겠다고 했지? 근데 내 삶도 녹록하지 않다. 이렇게 사는 것도 쉽지 않아. 우습지, 나?"

뭐라 대답할 말이 없었다. 사장은 손바닥으로 마른세수를
한 뒤 말을 이었다.

"그러니까 엄마보고 그렇게 살지 말라고 너무 그러지 마,
은호 씨."

처음부터 내 대답을 기대하지 않은 듯 사장은 몸을 돌려 문
을 열었다. 이상했다. 고단한 엄마 얼굴에서 봤던 것과 다르
지 않은 음영이 사장의 얼굴에도 드리워 있었다.

"사장님!"

"왜?"

그냥 보낼 수 없어 부르긴 했지만 할 말이 떠오르지 않
았다.

"오늘도 고생하셨어요."

입 밖에 내고 나서야 아무렇게나 한 이 말이야말로 진심이
라는 생각이 들었다. 사장이 싱겁게 웃으며 가게를 나섰다.

"자기, 이 카페 맡아 줄 수 있어?"

다음 날, 사장이 카페모카에 휘핑크림을 올리는 내게 물
었다.

"여기서 뭘 더 맡겨요. 그만 좀 부려 먹어요. 진짜 악덕 고
용주야."

"아니, 진짜로 자기가 카페 좀 맡아 줬으면 해서."

나는 휘핑크림 위에 초코 파우더를 톡톡 뿌리고 사장의 얼굴을 쳐다봤다. 사장의 얼굴은 어제의 음영이 싹 걷힌 상태였다. 대신 어떤 진지함이 깃들어 조금 낯설어 보였다.

"나 여기 잠시 떠나 있고 싶어서. 그런데 이 가게가 마음에 걸려. 그 사람한테 진 빚도 다 갚고 이제 정말 내 가게가 됐는데, 남의 손에 넘기기가 너무 아까워. 자기가 맡아 주면 마음이 편할 거 같아."

진동벨을 울려 카페모카를 내보낸 뒤 물었다.

"그게 무슨 말이에요?"

"처음엔 카페가 있어 보이고 다른 것보단 쉬울 거 같아서 시작했어. 아무 생각이 없었던 거지. 은호 씨 안 만났으면 어쩔 뻔했어. 벌써 말아먹었을 거야."

사장은 내가 궁금해하는 핵심은 말하지 않고 계속 엉뚱한 말만 했다.

"어차피 지금도 자기가 맡아서 하는 거나 마찬가지잖아. 은호 씨는 잘할 거야. 가게가 잘된 것도 자기 덕분이고."

그건 그랬다. 하지만…….

"어제 적당한 로스팅 머신도 알아봐 뒀어. 자기, 커피 공부 재밌어했잖아."

커피를 제대로 배우기 전까진 커피가 다 거기서 거기인 줄 알았다. 맛있는 커피와 맛없는 커피 정도로 나뉠 뿐이었다. 하지만 커피는 품종에 따라, 재배 고도에 따라, 가공 방식과 보관 방식에 따라, 로스팅의 강도에 따라 완전히 달라졌다. 마치 사람 같았다. 어디에서 태어나 어떤 과정을 거쳐 왔는지, 커피 한 잔에도 사람처럼 이력이 담겨 있었다.

프랜차이즈에서 대량으로 비슷하게 뽑아내는 커피가 아닌 고유의 맛과 향기를 가진 개성 있는 커피를 내리고 싶었다. 커피 한 잔에 무슨 공을 그리 들이냐고 할 수도 있겠지만, 맛있는 커피를 내린다는 건 사람을 존중하는 일이었다. 정성 들여 커피를 내리면 손님을 대하는 마음도 자연히 달라졌다. 그리고 무엇보다 나를 위해 정성 들여 커피를 내릴 때면 그만큼 나 자신을 존중한다는 느낌이 들었다. 나 자신을 사랑하지 않는다면, 다른 사람을 사랑하지 않는다면 커피에 공을 들일 이유도 없는 셈이었다.

사장의 도움 없이는 이런 경험과 생각을 하지 못했을 터였다. 나는 사장에게 생각 좀 해 보겠다고 말했다.

"그래, 은호 씨. 천천히 생각해 봐."

마지막까지 남아 있던 커플이 나간 뒤 가게 유리문에 걸린 팻말을 'CLOSED'로 돌려놓고 라디오의 볼륨을 높였다. 몸에 힘을 좀 빼면 대걸레가 리듬을 타며 알아서 바닥을 훑었다. 음악이 끝나고 책 소개 코너가 이어졌다. 디제이가 책 한 구절을 낭독했다.

노동다운 노동은 사랑과 유사하다. 노동은 노동다울 때 사랑처럼 열정적이다. 사랑다운 사랑 또한 노동과 유사하다. 사랑은 사랑다울 때 언제나 노동의 가벼움을 내포한다.*

주변의 것들이 어떤 암시처럼 다가올 때가 있다. 지금이 바로 그때였다. 당분간 온전히 노동에만 집중하면서 차분히 내 길을 찾아보는 것도 나쁘지 않겠다는 생각이 들었다. 복학을 서두를 필요는 없을 것 같았다.

3

휴대 전화 진동이 울렸다. 이름 없이 번호만 떴지만 누구인지 바로 알 수 있었다. 연락처 목록에서 지웠어도 기억 속

* 김진영, 『사랑의 기억』, 한길사, 2021, 235쪽.

에선 또렷했다. 통화 버튼을 누르자 준우 목소리가 흘러나왔다. 준우는 잘 지내냐고 물었고 나는 그렇다고 답했다. 잠시 침묵이 흘렀다. 서로의 숨소리만 희미하게 오갔다. 곧 준우의 성대가 아, 하고 낮게 떨렸다. 무슨 말을 어떻게 해야 할지 고민할 때 내던 소리였다. 준우는 떨림을 멈춘 뒤 휴가를 나왔다고, 한번 만날 수 있냐고 물었다. 내가 대답을 망설이는 사이, 학교 앞에서 기다리겠다는 말을 끝으로 전화가 끊겼다. 내 대답과 상관없이 기다리겠다는 의지의 표현이었다. 전화기를 내려놓은 뒤 눈을 감았다. 짧은 순간, 눈앞으로 많은 것들이 밀려들었다. 준우의 진한 갈색 눈동자와 환하게 웃을 때 드러나는 가지런한 치아와 손등 위를 지나는 푸르스름한 정맥의 갈래까지 잡힐 듯 떠올랐다. 싫은 건지 좋은 건지 모를 만큼 마음이 복잡하게 아려 왔다.

집을 나서기 전에 거울을 봤다. 눈썹이 엉망으로 자라 있었고 뺨이 홀쭉했다. 입술은 하얗게 말라붙어 있었다. 손바닥으로 얼굴을 조금 두드린 뒤 거울 속 나를 빤히 바라봤다. 그대로 집 밖을 나섰다.

저만치 정문 한쪽 기둥 옆에 군복을 입은 준우가 서 있었다. 나는 최대한 느린 속도로 준우를 향해 걸어갔다. 걸음마다 그와의 간격이 줄어드는 것을 실감하고 싶어서였다. 턱을 조금 치켜든 채로 가로수를 바라보고 있던 준우는 내가 세 걸음 앞에 다가왔을 때 나를 발견했다. 눈이 마주치자 준우는 입술을 단단히 다문 채로 씩 웃어 보였다. 그러고는 멈춰 선 내 앞으로 두 걸음 걸어왔다. 그사이 준우는 키가 더 큰 것 같았다. 얼굴을 바라보는데 고개를 더 높이 들어 올려야 했다. 준우의 얼굴은 잘 구워진 빵처럼 햇볕에 그을려 있었다. 꼿꼿하게 서 있는 몸은 다부졌고 생글생글 웃는 표정엔 각이 잡혀 있었다.

"오늘 휴가 나왔어?"

"휴가 나왔다가 복귀하는 길이야."

그런데 왜 이제 연락했냐는 말이 튀어나오려는 것을 애써 참았다.

"내가 안 만나 주면 어떡하려고 기다려?"

"네가 나를 못 잊는다는 소문 쫙 퍼진 거 몰라?"

"누가 그런 헛소문을 퍼뜨려?"

우리는 계속 대답은 하지 않고 질문만 하고 있었다. 준우가 문득 웃음기 가신 얼굴로 상체를 내 쪽으로 굽혔다.

"근데 살이 왜 이렇게 빠졌어?"

"아직도 나한테 관심 있냐?"

"나만큼 너한테 관심 많은 사람이 또 있으려고."

준우는 또 엉뚱한 말을 했다. 하지만 나는 그 엉뚱한 말에 기대고 싶어져 고꾸라지듯 준우의 가슴팍에 이마를 갖다 댔다. 빳빳한 군복이 풀썩거리며 햇볕 냄새를 풍겼다. 준우의 옷섶에 고여 있던 따스한 공기가 코로 들어왔다. 몇 차례 숨을 크게 들이마시고 내쉬었다. 준우의 손바닥이 내 등을 천천히 쓸었다.

"준우라는 친구랑 다시 만나기로 한 거예요?"
상담사가 물었다.
"모르겠어요. 군인이랑 만날 생각은 없었는데, 괜히 복잡하게 생각하지 말고 마음 가는 대로 둬 보려고요. 준우가 쓴 편지를 받았어요. 군 생활 얘기를 담담히 적었을 뿐인데, 읽는 내내 참 좋았어요."
준우의 편지엔 플러스펜으로 적어 내려간 문장들이 빼곡했다.

은호에게
겨울이 가고 있나 봐. 포장되지 않은 땅이 많은 이곳에선 땅이 얼고 녹는 걸 눈으로 바로 확인할 수 있어. 날이 좀 풀렸다고 사단장이 야간 행군을 지시했어. 휴가 복귀

하자마자 야간 행군이라니. 싫지만 어쩌겠어. 여긴 명령과 복종만이 존재하는 곳인걸.

20킬로그램이 넘는 군장을 지고 허리에 방독면을 매고 소총을 들고 25킬로미터를 걸었어. 걷는 데는 나름 이골이 난 줄 알았는데 훈련소 때의 행군과는 속도부터 차원이 다르더라고. 어둠은 끝도 없이 길을 뱉어 냈고, 길 위로는 헉헉대는 숨소리와 군홧발 소리만이 착착 울려 퍼졌어. 의지할 불빛이라고는 소대장 손에 들린 경광봉의 붉은빛이 전부인 길을 걸으니 온갖 생각이 떠오르는데, 고통의 수위가 일정 정도를 넘어서자 생각하는 것조차 불가능해지는 때가 찾아오더라. 붙들 수 있는 건 오로지 걷다 보면 끝날 거라는 사실뿐이었지.

종종 한계를 마주하는 순간이 찾아왔어. 낙오자가 생길 때마다 나 역시 낙오를 택하고 싶은 충동에 휩싸였거든. 확 낙오해 버릴까. 낙오해 버리면 이 고통을 끝낼 수 있을 텐데! 하지만 결국 그러지 않았어. 아니 못했다고 말하는 게 정확할 거야. 더는 못 걷겠다는 생각이 수없이 오가는데, 포기가 불가능한 것도 아닌데, 왜 포기할 수가 없지. 고통을 끝낼 수 있는, 편안해질 수 있는 낙오를 왜 택하지 않는 거지. 나 자신이 의아했어.

지금 돌이켜 생각해 보니 그때 나는 포기를 죽음과 같은 것으로 여겼던 거 같아. 그렇잖아. 죽음은 내가 겪는 모든 감각을 중지시키니까. 고통을 끝내고 편안해지는 가장 확실한 방법이니까. 나는 살고 싶었던 것 같아. 편안해지고 싶지 않았던 것 같아. 살아서 이 고통을 이어 가고 싶었던 거였어. 살고자 하는 의지. 그거 진짜 고통스러운 거더라.

멀리 내다볼 수 없었어. 딱 한 걸음만 더 걷자. 딱 한 걸음만. 그렇게 한 걸음만 더 내딛는 걸 반복하다 보니 어느새 행군의 끝에 도달해 있었어. 지금 내 어깨엔 시퍼런 멍이 들었고 물집이 터진 발바닥은 헝겊처럼 너덜거려. 살고자 하는 의지가 만들어 낸, 어쩐지 각별하게 느껴지는 통증과 상처야.

살고 싶은 마음 역시 괴로울 수 있다는 걸 느끼며, 그동안 내가 네 고민의 무게를 잘 헤아리지 못했다는 생각을 했어. 은호야, 나는 네 안에 누구보다 강한 힘이 있다고 믿어. 옆에서 함께하면서 늘 느껴 왔어. 그럼에도 걷다가 힘들 땐 말해 주길 바라. 그때 내가 옆에서 물병을 건네줄 수 있다면 큰 기쁨일 거 같아.

"저도 답장을 써 볼까 싶어서 생각날 때마다 글을 끼적이고 있어요. 뭔가를 쓰니까 흩어졌던 마음도 모이고 눈이 맑아지는 기분이에요. 준우에게 편지를 쓰고 있으면 꼭 저 자신을 다독거리고 있는 것 같아요."

준우에게

어깨의 멍과 발은 좀 어때? 각별한 통증과 상처라 하더라도 얼른 나았으면 좋겠다. 연고랑 물집 패드를 우편에 넣어 보냈는데 도움이 될까 모르겠어. 행군을 하면서 내 고민의 무게를 헤아리게 됐다니, 아주 칭찬해 줘야겠는걸. 물병은 많이 준비해 줘. 이왕이면 시원한 천연 암반수로.

나는 오늘 오후에 빨래를 걷으러 옥상에 올라갔어. 계란 노른자처럼 샛노랗게 부푼 해가 지평선으로 기울어가고 선홍빛으로 물든 깃털 구름이 천천히 흘러가는 하늘이 예뻐서 한참을 쳐다봤어. 그렇게 하늘을 바라보는데 문득 전에 네가 알려 준 태양 경배 자세가 생각나더라. 빨래를 다 걷고 고개를 들고 두 팔을 위로 쭉 뻗어 보았어. 네가 이 자세에서 중요한 건 발바닥이라고 했지. 중요한 건 팔을 올리고 하늘을 바라보는 게 아니라, 땅을 딛고 있는 발바닥을 의식하는 거라고. 두 발로 단단히 바닥을 딛고 서서 다리, 허리, 어깨 순으로 몸을 꼿꼿이 세운 다음 두 팔을 모아 높이 뻗었어. 그리고 숨을 깊게 들이마시고 천천히 내뱉기를 반복했지. 준우야, 이게 뭐라고, 어쩐지 그 순간 조금 어긋나 있던 것 같은 몸과 마음이 하나로 합쳐지는 기분이 들더라. 사실 별것도 아닌데, 그저 내가 지금 여기 있구나, 하는 감각이었는데 왜 그렇게 낯설고 새롭게 느껴졌는지.

그동안 난 내가 어떻게 숨 쉬는지도 모르고 살았던 걸까. 대체 뭘 의식하며 살았던 걸까. 그것도 모르면서, 내가 나 하나도 통제하지 못하면서, 주변 사람들이 내 마음대로 되지 않는다고 좌절해 왔다는 걸 깨달았어. 하늘을 마주하는 얼굴이 부끄러움으로 뜨거워지더라. 괴로웠지만 그 감정을 피하지 않으려고 한참을 그러고 있었어. 여기서 또 피해 버리면 아무것도 변하지 않을 것 같아서. 다시 내 가까운 사람들을 괴롭히고, 상처 줄 거 같아서. 결국 그건 나도 상처받는 일이라는 것을 이제는 조금 알 것 같아서.

그랬더니 지금 어깨와 목이 너무 뻐근하긴 하네. 목과 어깨엔 힘을 빼야 한다고 들은 거 같은데. 힘을 주는 것보다 힘을 빼는 게 더 어려운 것 같아. 다음에 다시 알려 줄래? 그땐 제대로 배워 볼게.

참, 우리가 종종 갔던 헌책방이 이제 문을 닫는다고 해. 기억하지? 벽도 기둥도 가구도 다 책으로 덮여 있어서, 건축 재료가 책인 것 같다고 우리가 얘기했던 곳. 주인아저씨가 책들을 모두 헐값에 팔고 있었어. 아쉬운 마음에 책을 잔뜩 샀어. 그중 한 권을 같이 보내. 칼릴 지브란의 『예언자』라고 1987년 출판된 책인데 당시 가격으로 정가 2000원이었던 걸 500원에 샀어. 전 주인의 흔적인지, 책에 책갈피 대신 쓰인 시향지가 꽂혀 있었어. 언제부터 꽂혀 있었는지는 알 수 없지만, 책 가득 묵직하고 은은한 나무 향이 배어 있더라. 책을 펼칠 때마다 풍겨 오는 시더우드 향기가 좋아서 별생각 없이 샀는데, 의외로 한 장씩 곱씹어 읽게 되는 책이라 네게도 추천하고 싶어. 그중 한 구절을 옮겨 적으며 편지를 마무리할게. 준우야, 나는 마음을 울리는 글을 만날 때마다 네가 떠올라. 또 편지할게.

자기를 아는 것에 대하여

결코 말하지 말라. '나 진리를 찾았어'라고. 그보다 차라리 '내 어떤 작은 진리를 찾아냈노라'라고 말하라.

결코 말하지 말라. '나 영혼의 길을 찾아냈어'라고. 그보다 차라리 '내 나의 길 위를 걸어가는 영혼을 찾아냈노라'라고 말하라.

그럴 것이 영혼이란 모든 길을 거니는 것이므로.

영혼이란 어느 한 길만을 거니는 것이 아니며, 또한 갈대처럼 자라나지도 않는 것.

영혼이란 숱한 꽃잎이 달린 연꽃처럼 자기 스스로 열리는 것.

준우와의 대화는 느리게 진행됐다. 즉각적인 확인과 답변을 기대할 수 없는 느린 대화의 방식에 점차 익숙해지며 마음이 단련되는 느낌이었다. 무엇보다 관계를 냉소하게 만들었던 불안이 차츰 가라앉으며 안정감이 스며들었다.

"글 쓰는 게 상담과 어딘가 비슷하더라고요. 맺힌 게 풀리는 느낌이었어요."

"저도 글을 써 봐야겠네요."

"선생님도 맺힌 게 있으세요?"

"그럼요. 많죠."

"맺힌 게 있는 사람은 상담사가 될 수 없는 줄 알았어요."

"아니에요. 오히려 상처나 맺힌 걸 극복한 사람들이 내담자에게 공감도 잘하고, 분석도 잘해요."

"그럼 저도 가능성이 있는 건가요?"

"물론이죠. 지금 마음을 극복하고 난 다음이라면요."

"방법이 없는 거 아닌가요. 저는 이쪽 전공도 아니고."

"남은 학기 동안 심리 관련 학점 이수해서 대학원에 가면 돼요. 다른 일을 하다가 나중에 심리학을 공부하고 상담사로 일하는 분들도 많고요. 방법은 얼마든지 있어요."

"준우는 저보고 글을 써 보라고 하더라고요."

"갑자기 할 게 많아져서 고민되는 거예요?"

상담사가 장난스러운 웃음을 지으며 물었다.

"아니요. 뭘 하는가보다 더 중요한 게 있으니까요."

나는 우선 내가 뭘 원하는지, 그걸 왜 원하는지, 진정으로 원하는지를 차분히 들여다보고 싶었다. 그러다 보면 내 감정과 결정을 신뢰할 수 있을 것 같았다. 이전처럼 내 감정과 결정을 믿지 못해 불안해하며 다른 사람에게 책임을 전가하는 일을 반복하고 싶지 않았다. 누구보다 내가 나를 지지해 줘야 했다.

"어쩌면 저는 너무 제 내면에만 몰두했던 건지도 모르겠어요. 진짜 나를 알려면 내 문제와 내 이야기의 둘레 바깥으로 나가야 할 것 같아요. 윤지 선배가 말했던, 기존의 나를 죽여야 새로운 내가 될 수 있다는 말처럼요. 나를 잊을 만큼 몰두할 수 있는 일들을 경험하고 싶어요."

어떤 일을 하든 그 일을 하는 나도 새롭게 태어나야 할 나라고 생각하면 용기가 났다. 선택하고 결단할 용기가.

"경제적인 문제에 발목을 잡히기도 하겠지만, 제대로 자립할 수 있을지 걱정되는 건 여전하지만, 매 순간 살아 있다는 실감을 놓치지 않고 걸어 나간다면, 그것 자체로 충분할 것 같다는 생각이 들어요."

상담사가 나를 바라보며 지그시 미소 지었다.

"제가 생각해도 기특한 말이긴 하네요."

학관 1층 복도에는 여전히 상담실 안내 게시물이 걸려 있었다. 이 게시물을 읽고 마치 뭐에 홀린 듯 상담실로 올라갔던 지난날의 내 모습이 떠올랐다. 이끌림에 기꺼이 응했던 내 등을 한번 쓸어 주고 싶었다. 잘했어, 은호야. 내게 받는 칭찬이 아직 익숙하지 않은 은호가 어깨를 살짝 움츠렸다.

4

일요일, 산책하러 가자는 내 말에 드라마를 보던 엄마가 선뜻 그러자고 했다.

"너네 학교 벚꽃이 그렇게 예쁘게 핀다며?"

"엄마 우리 학교 한 번도 안 와 봤나?"

입학식에는 나 혼자 갔었다. 엄마는 일을 쉴 수 없어서 호산시에 있었다. 그렇다고 해도 엄마가 서울에 올라온 지가 언젠데 지금껏 걸어서 20분이면 가는 학교에 가 본 적이 없다니. 대단한 일은 아니었지만 나는 조금 당황했다.

학교로 향하는 길, 엄마가 목마르다고 해서 내가 일하는 카페에 들렀다. 사장이 우리 엄마를 보고 반가워했다.

"어서 오세요. 한번 뵙고 싶었는데, 그동안 왜 안 들르셨어요."

"먹고살기 바쁘다 보니 그렇게 됐네요. 우리 딸, 자기 방 청소 하나 못 하는데 여기서 일은 제대로 하는지 모르겠어요."

"얼마나 야무지게 잘한다고요. 저런 딸 하나 있으면 세상 부러울 게 없겠어요."

"그런 말씀 마세요. 쟤만 없었으면 저는 훨훨 날아다녔을 거예요."

"어머니, 이제라도 훨훨 날아다녀 주시면 안 될까요?"

내 대꾸에 엄마가 나를 가늘게 흘겨봤다.

"은호 씨가 엄마 걱정을 얼마나 하는지 몰라요."

"쓸데없는 걱정 하는 거죠. 자기나 잘하면 될 텐데."

"걱정을 좀 사서 하는 편이긴 하죠, 은호 씨가. 아무튼 진짜 너무 반가워요, 어머니."

　내 표정이 굳어지는 건 아랑곳하지 않고 사장과 엄마는 오랜만에 만난 친구처럼 대화를 나눴다.

　"커피 드시게요? 제가 대접할게요."

　"아, 사장님. 그럴 거면 여기로 안 왔죠."

　나는 다른 카페로 갈 걸 그랬다며 투덜댔다.

　"아니, 누가 은호 씨 대접해 준대? 엄마 대접해 드린단 거지. 골라 보세요. 우리 커피 맛있어요."

　엄마는 드립 커피 목록을 손가락으로 훑더니 에티오피아산 원두를 선택했다.

　"엄마, 드립 커피도 마실 줄 알아?"

　"너 엄마를 뭘로 보는 거니? 나 이거 좋아해."

　테이크아웃 잔에 담긴 커피를 홀짝이는 엄마의 표정이 더없이 새침했다. 엄마는 커피에 관해서도 사장과 한참 이야기를 나누었다.

　학교 앞 사거리는 주말에도 붐볐다. 엄마와 나는 횡단보도 앞에 서서 보행 신호를 기다렸다. 사랑니를 뺐던 치과 쪽을 바라봤다. 오른쪽 횡단보도의 보행 신호가 들어왔고 검정색 백팩을 멘 남자가 치과의 문을 열고 들어가고 있었다. 유리문이 햇빛을 튕겨 내며 반짝였다.

"은호야, 뭐 해?"

저 사람은 무슨 치료를 받을까 상상해 보는데 엄마 목소리가 들렸다. 앞을 바라보니 엄마가 앞쪽 횡단보도 중간에 서서 나를 돌아보며 외치고 있었다.

"안 건너고 뭐 해?"

어떻게 된 거지. 주위를 둘러봤다. 오른쪽 횡단보도뿐 아니라 모든 횡단보도 신호등에 초록불이 들어와 있었다. 신호 체계가 바뀐 거였다. 번갈아 보행 신호가 들어오던 방식에서 동시에 들어오는 방식으로. 사거리에 서 있던 사람들이 모두 원하는 방향으로 길을 건너고 있었다. 모든 것이 여전했지만 여전한 것들 사이의 움직임은 달라져 있었다. 이렇게도 건널 수도 있구나. 나는 발걸음을 떼지 못한 채 그 움직임을 바라봤다. 사방으로 향하는 횡단의 움직임을. 그사이 초록불은 점멸을 거듭하더니 빨간불로 바뀌었다. 엉클어진 전선을 가득 매단 전신주, 아스팔트 위의 타이어 자국, 전깃줄 위에서 날아오르는 참새, 전부 여전했다. 그 밖의 자명한 모든 것들이 더 이상 자명한 것이 아닌 채로 그 자리에 있었다.

엄마는 횡단보도를 건너가는 사람들에 휩쓸려 건너편에 도달했다. 정신 빠져 가지고. 말소리가 들리진 않았지만, 표정과 입 모양을 보고 엄마가 하는 말을 알아들을 수 있었다.

"곧 건너갈게."

나는 저만치 떨어져 서 있는 엄마를 향해 말했다. 그러곤 다음 신호를 기다리며 걸음을 내디딜 준비를 했다.

휴일의 학교엔 학생보다 외부인이 더 많은 듯했다. 곳곳에서 화사한 봄옷을 입은 사람들이 휴대 전화로 사진을 찍고 있었다. 정문을 따라 쭉 뻗은 화단엔 영산홍과 백철쭉이 흐드러지게 피어 있었고 교목의 초록 이파리들은 하늘을 쓰다듬듯 무성하게 돋아나고 있었다. 도서관에서 본관으로 이어지는 길로 엄마를 이끌었다. 학교에서 가장 그럴듯한 풍경이 펼쳐지는 곳이었다. 엄마는 벚꽃이 핀 길을 천천히 걸으며 옆에서 보기에 표가 나도록 숨을 깊이 들이마셨다가 내쉬었다. 그렇게 숨을 쉴 수 있다는 걸 잊었던 사람처럼 여러 번.

"잘 지어 놨네."

엄마는 중얼거리듯 말하고는 네가 공부하는 건물은 어디냐고 물었다. 나는 손을 뻗어서 가파른 고개를 가리켰다.

"저길 올라가야 해."

펜스가 둘러쳐진 광장에서는 공사가 진행 중이었다. 펜스에는 어느새 대자보가 잔뜩 붙어 있었다. "광장을 닫는다고 학생들의 목소리까지 닫을 순 없다!" "우리는 고객이 아니다! 학생이다!" 같은 강렬한 필치의 문구부터 "대학이 자본과 대기업의 하청 업체인가!" "우리 대학이 달라졌어요. 자기 중심적이고 공감 능력 떨어지는 대학을 위한 솔루션은?" 같은 해학적인 문구까지.

엄마한테 보여 주자니 리모델링된 공과대와 너른 잔디 마당이 있는 경영대 사이에 위치한 정경대가 더없이 초라해 보였다. 정경대 건물은 발길질당한 것처럼 땅이 푹 꺼진 곳에 박혀 있었고 외관의 흰 페인트는 얼룩덜룩했다. 정든 적 없었던 정경대가 갑자기 안쓰러워 보였다. 엄마는 강의실로 이어지는 어두컴컴한 복도 입구를 기웃거렸다. 나는 복도 안쪽으로 엄마를 이끈 다음 문을 열어 빈 강의실 내부를 보여 줬다. 고개를 쭉 빼고 강의실을 휘둘러보는 엄마는 온몸으로 호기심을 드러냈지만, 입 밖으론 아무 말도 꺼내지 않았다.

"다리 아프다. 어디 좀 앉자."

건물을 빠져나온 엄마는 주위를 두리번거리더니 이과 대학 뒤편으로 향하는 계단을 올랐다. 그러곤 벤치에 앉아 가방에서 담배를 꺼냈다. 귀신같이 담배 피울 자리를 찾아내는 걸 보니 영락없는 흡연자였다. 나는 조금 떨어진 곳에 서서 엄마의 손가락에 끼워진 가느다란 담배의 불빛을 바라봤다.

"엄마, 난 담배를 왜 피우는지 이해가 안 되더라. 어지럽고

목 아파서 못 하겠어."

"나는 술 마시는 게 더 이해가 안 된다. 그 쓰고 역한 걸 뭐하러 마시는지."

"우린 진짜 다른 거 같아. 그치, 엄마?"

"술 못하고 담배 못하는 게 무슨 큰 차이라고."

"그런가."

재떨이에 담배를 비벼 끈 엄마는 사방을 휘둘러보며 물었다.

"여긴 뭐 공부하는 건물이야?"

"수학이랑 과학, 이런 거. 좀 골치 아픈 거."

"군대 간 네 친구, 준우가 물리학 공부도 한다고 하지 않았어?"

"오, 맞아. 엄마 그것까지 기억하네. 걔 괜찮았어? 준우 어떤 거 같아?"

"내가 어떤 거 같으면 뭐 하게. 너 좋으면 그만이지."

엄마가 이렇게 말한다는 건 괜찮다는 뜻이었다. 그러면서도 엄마는 이렇게 물었다.

"왜, 그 건물 있는 집 아들내미는 안 만나고?"

내가 얘기할 땐 못 들은 척하더니 다 듣고 있었나 보다.

"아으 속물, 엄만 딸이 돈 보고 남자 만났으면 좋겠어?"

"돈 보고 만나라니? 이왕 돈 있으면 좋다는 거지, 뭘."

후문 너머 아파트 공사 현장 위로 솟아오른 타워 크레인이 마침 눈에 들어왔다.

"내가 졸업하고 돈을 벌어도, 저런 아파트 한 채 사려면 물도 안 마시고 20년을 모아야 한다더라. 이제 노동으론 집 한 채 못 산다는 거지. 건물 몇 채씩 가지고 있는 사람들 보면 어떻게 그 많은 재산을 쌓았나 싶어. 땀 흘려 번 돈만으로는 안 됐을 거 아냐. 뭔가 뒤가 구리다니까."

"아무튼 배배 꼬여 가지고."

엄마가 한심하다는 듯 나를 보며 피식 웃었다.

"열심히 일만 하면서 사는 사람들 기운 빠지게 만드는 현실이라니까. 엄마도 그렇지 않아? 왜 그렇게 죽어라 일만 해?"

"먹고살려고 하지 왜 하긴. 일없이 빈둥거리는 거 나는 답답해서 못 해."

엄마는 고개를 절레절레 젓고는 말했다.

"먹고사는 거 너무 복잡하게 생각할 거 없더라. 나는 지금이 좋아. 내 힘으로 먹고사니까 누구한테 아쉬운 소리 안 해도 되고, 나 싫으면 그만둘 수도 있고. 돈이 뭐 전부니."

낯설었다. 돈에 초연하다는 엄마의 말이. 돈 버는 데만 혈안이 된 줄 알았는데. 언제부터 저런 의젓한 생각을 했던 걸까. 엄마는 정말 알다가도 모를 사람이었다.

"누가 됐든, 이왕 만날 거면 멋지게 차분하게 만나. 엄마처럼 멋대가리 없이 살다가 어영부영 세월 보내지 말고."

일상을 망가뜨리지 않고도, 주변과 단절되지 않고도, 감정을 소모하지 않고도 관계가 가능할 수 있다는 것을 나는 준우를 통해 조금씩 깨달아 가고 있었다. 한편 엄마가 잘 만나라고 하니까 이제 연애 따위 안 해도 그만일 것 같다는 생각도 들었다. 내 청개구리 심보는 쉽게 버려지지 않는 모양이었다. 앞으로도 엄마와 나는 많이 싸우겠구나 싶었다. 엄마의 나이를 차곡차곡 뒤따라가며 싸울 수 있다니 어쩐지 다행처럼 여겨졌다.

엄마는 담배를 다 피우고도 일어나지 않았다. 저편 언덕 위로 솟은 석조 건물을 바라보며 말없이 앉아만 있었다. 그러고 보니 요즘 통 다른 사람 험담을 하지 않았다. 이번에 일하는 가게는 분위기가 좀 다른가. 어색함을 견디다 못한 내가 먼저 카페 손님들 이야기를 시작했다. 테이블에 앉아서 주문받으라고 소리치는 손님부터 아이스커피가 왜 이렇게 차갑냐고 불평하는 손님까지 할 얘기는 많았다. 하지만 치사하게 엄마는 만족할 만한 맞장구를 쳐주지 않았다. "별사람들 다 있지"할 뿐이었다. 엄마가 이렇게 너그러운 사람이 아니었는데 의아했다. 물론 그런 별사람들이 다른 사람들에게 미치는 긍정적인 영향도 있었다. 나는 저러지 말아야지 다짐하게 만든다는 거였다.

문득 그런 생각이 들었다. 엄마도 주변 사람들을 험담하면서 자기 자신을 단속해 왔다는 생각. 엄마도 때론 편한 길로 가고 싶었을 텐데, 그런 마음을 다른 사람들을 욕하면서 경계했던 것일지도 모른다. 저렇게는 살지 말아야지, 하는 말 앞에는 '그러고도 싶지만'이 숨겨져 있었을지도. 엄마가 날 몇 살에 낳았는지는 확실하지 않지만, 아무튼 그 이후 엄마의 삶이 내 삶을 단속해 준 것만은 분명했다. 엉망으로 치닫다가도 그 이상으로 내가 망가지지 않을 수 있었던 건, 보고 자란 엄마의 삶이 있기 때문이었다.

"이제 현호 고3인데 어쩌냐. 네가 신경 좀 써 줘. 넌 입시해 봤잖아."

현호 생각을 하느라 저렇게 하염없었던 건가. 나는 뭐 누가 신경 써 줘서 대학 온 줄 아나, 생각했지만 모른 척할 수는 없을 것 같았다. 현호에게 뭘 해 줄 수 있을까. 그 시기가 얼마나 불안한 때인지 나도 잘 아는 바였다. 세상 모두가 겉으로 보이는 성적과 진학의 결과만 중요시할 때, 나는 현호의 마음에 대해 자주 물어봐 주어야겠다고 생각했다. 진학 전략을 어떻게 세워야 하는지, 어떤 과가 전망이 좋은지, 그런 걸 알려 주기보다는 용기를 주고 싶었다. 자기 자신을 좀 더 잘 들여다볼 수 있는 용기를. 기꺼이 세상을 경험해 볼 용기를.

현호에게 문자를 보냈다.

─ 현호야. 행복하니? 지금 행복할 줄 알아야 나중에도 행복할 수 있대. 지금 행복하자.

의외로 바로 답이 왔다.

─ 뭐래? 술 먹음?

─ 아니 엄마랑 산책 중. 정신은 말짱해.

카메라로 엄마 옆모습을 찍어 메시지와 함께 전송했다.

─ 엄마 많이 늙었네.

현호의 답문을 받고 엄마를 바라봤다. 현호의 메시지가 이어졌다.

─ 엄마랑 누나 고생하는 거 알아. 내 걱정은 마.

감동 이모티콘을 보낸 뒤 메시지 창을 닫고 벤치로 다가가 엄마 옆에 앉았다. 가까이서 보니 엄마 귀밑머리에 흰머리가 한 가닥 돋아 있었다. 눈가에는 주름살도 좀 생긴 것 같았다.

"뭘 그렇게 쳐다봐?"

엄마가 한쪽 어깨를 들어 올리며 물었다.

"현호 걱정은 안 해도 될 것 같아. 벌써 생각하는 게 의젓해.”

나는 저만치 내려다보이는 정경대 앞쪽 길로 시선을 돌렸
다. 베레모를 쓴 할아버지와 페이즐리 무늬 숄을 두른 자그
마한 덩치의 할머니가 햇빛 아래를 천천히 거닐고 있었다.
할아버지가 조금 앞서 있긴 했지만, 두 사람은 손만 뻗으면
닿을 수 있는 거리를 유지하고 있었다.

“엄마, 난 백년해로하는 부부들 보면 지독하더라. 웬만큼
독하고 고집스럽지 않고서야 어떻게 백년해로를 하겠냐고.”

“독하고 고집스러워야 백년해로하는 걸 네가 어떻게 아니?”

“전에 영화를 하나 봤는데, 평화롭고 다정하게 살던 노부
부 얘기였거든. 그런데 아내의 병이 깊어지니까 정성껏 간호
하던 남편이 어느 날 아내를 베개로 눌러 죽이더라고. 아내
의 존엄을 지켜 주려고, 아내를 편하게 해 주려고 그런 것 같
긴 한데, 아무리 그래도 그렇지. 보통 지독하지 않고서야 그
럴 수 있겠냔 말이지.”

“백년해로, 나는 안 해 봐서 모르겠다.”

“근데 엄마, 영화 제목이 프랑스어로 ‘사랑’이었어. 이상
하지?”

“이상하긴 뭐가 이상해.”

“배우자를 죽이는 이야기인데 제목이 사랑이라니, 그게 안

이상해?"

"죽여주는 사랑인가 보지, 뭐."

뭐지, 이 차원이 다른 내공에서 나오는 것 같은 대답은? 나는 나도 모르게 고개를 끄덕였다. 두 노인은 어느새 거리를 좁혀 손을 잡은 채 후문 밖으로 나가고 있었다. 그 모습을 보던 엄마가 기지개를 켜며 말했다.

"나도 애인이나 만들어 볼까?"

엄마의 목소리가 봄볕처럼 나른했다. 자웅이 동체 같으신 엄마께서 픽이나? 하는 대꾸가 떠올랐지만, 그 말 대신 다른 말이 내 입에서 튀어나왔다.

"나는 공무원이나 돼 볼까?"

엄마는 내 말이 끝나기 무섭게 대답했다.

"지랄하네."

엄마의 이런 깔끔한 무시가 감동스럽긴 처음이었다.

정오의 햇살이 머리 위로 내리쬐었다. 꽃잎 사이를 통과한 빛이 엄마의 얼굴 위에 물결처럼 일렁였다. 바람이 불어 꽃잎이 흔들릴 때마다 음영이 달라지면서 엄마의 얼굴에 여러 이미지가 떠올랐다. 내가 한글을 떼고 처음으로 쓴 어버이날 편지를 받았을 때처럼 기뻐 보였다가도, 밤새 앓는 내 곁에 앉아 물수건을 올려 주던 때처럼 근심스러워 보였고, 내 대학 합격 소식을 들었을 때처럼 뭉클해 보이기도 했다. 먹고사는 데 필요하지 않은 쓸데없는 감상은 걷어 낸 듯 단단해 보이는 엄마 얼굴 안쪽에 이렇게 말랑한 것들이 숨겨져 있었나. 이제껏 엄마 얼굴을 사랑을 모르는 얼굴이라고 생각했던 것은 내가 엄마의 사랑을 제대로 보지 못했기 때문인지도 몰랐다. 엄마에게 사랑받았던 기억들이 생생하게 떠올랐다. 이제야 선명하게 보였다. 굳이 빚으로 여길 필요가 없는 기억들이었다.

엄마의 시선이 닿는 곳에는 연분홍색 꽃망울이 터질 듯 가지에 매달려 있었다. 순간 바람이 잠잠해지면서 엄마의 얼굴이 하나의 이미지에 머물렀다. 막 세수한 듯한 말간 얼굴 위로 수줍으면서도 도발적인 미소가 번지고 있었다. 나는 멍하게 엄마 얼굴을 바라봤다. 처음 보는 얼굴이었지만 어쩐지 알 것 같은 얼굴이었다. 그건 뭐랄까, 그래, 청춘의 얼굴이었다. 자꾸만 몸이 뜨거워지는 청춘의 얼굴. 눈부시게 빛나는 얼굴. 그 얼굴을 가만히 바라보고 있자니 황홀했다. 지금껏 느낀 어떤 황홀경보다 마음이 달떴다.

나는 부신 눈을 감으며 엄마의 어깨에 머리를 기댔다. 감은 눈 아래로 빛의 잔상들이 반짝반짝 어른거렸다. 좋다, 나는 혼잣말처럼 중얼거렸고, 엄마는 말없이 내 무릎을 손바닥으로 톡톡 두드렸다. 그 순간 나는 누구의 딸이 아니었고, 엄마도 누구의 엄마가 아니었다. 그렇게 우리는 서로 자유롭게 함께 있었다.

내 얼굴 위로 동그란 그늘이 드리워지는 게 느껴졌다. 나는 눈을 감은 채 이 그늘의 느낌을 몸속 깊이 새겨 넣었다. 이제 곧 그늘에서 벗어나 뙤약볕 아래로 걸어 나갈 차례였다.

작가의 말

이 소설을 쓰면서

어두워서 반짝이는 것들을

선명함과 아득함을 생각했다.

어지러워도 버티고 서 있는 심정으로.

까닭 없이 간절해지는 마음이 글을 쓰게 한다.

까닭 없다는 말이 진실하지 않다는 걸 알지만

이렇게밖에 말할 수 없다.

만났으나 아직 만나지 못한 사람이 많다.

누군가에게 제대로 가닿은 적 있는지 생각하면

가슴이 욱신거린다.

내가 못 한 그 일을 책은 해 줄 수 있을까.

책이 내게 해 줬던 것처럼.

어린아이 같던 원고가 다 자라 세상으로 나간다.

내 눈에만 귀여운 자식일 줄 알았는데,

다른 분들도 기특하게 봐 주셔서 이렇게 근사한 옷을 입고 사람들을 만나러 간다.

이 소설의 가능성을 믿고 기회를 주신 심사위원들께 감사드린다.

잠 깬 지 얼마 되지 않은 원고의 눈곱도 떼어 주고

머리도 단정히 빗겨 준 창비교육에도 고마움을 전한다.

어려서 환절기 감기를 앓을 때마다

엄마는 내 이마를 손으로 쓸며 말했다.

앓고 나면 또 쑥 크겠네.

열에 시달리면서도 그 말을 들으면 뱃속 깊은 곳에서

자그맣게 기운이 움트는 게 느껴졌다.

앓고 난 뒤에는 성장이 있을 거라는 믿음을 심어 준

사랑하는 엄마에게 깊이 감사드린다.

진한과 주하에게도 사랑의 말을 전한다.

불행을 상상하는 데 익숙했던 내가 이들을 만나 행복을 상상하는 사람이 되었다.

하되 함이 없이 하라.

소설을 쓰다가 어깨가 아프면 이 문장을 생각한다.

그렇게 쓰고 싶고 나아가 살고 싶다.

물론 내겐 너무 먼 경지다.

하지만 그건 내게 남은 성장의 마디가 아직 많다는 뜻이다.

2022년 가을

최지연

추천의 말

『이 와중에 스무 살』을 읽는 동안 내 스무 살을 돌이켜 보았습니다. 미숙하고 과장되고 금방 시무룩해지던 내가 있었습니다. 기대와 시선이 짐스러웠으나 두 손을 꽉 쥔 채로 끝내 어른인 척해야 했습니다. 그래서 어른의 자리로 떠밀렸으나 아무것도 준비되지 않았고 무엇을 하고 싶은지 알지 못하는 주인공 은호를 조마조마하며 지켜보게 되었습니다.

은호는 평범한 일상이 극적인 사건보다 강력하다는 걸 알고 있습니다. 그가 한발 한발 걸어 만든 하루에는 허공을 떠도는 말이 없습니다. 자신의 과거와 그늘을 대면하는 데에도 주저하지 않습니다. 과거는 미래로 흐르는 강이 되고 그늘은 깊이가 됩니다. 아니, 은호의 표현대로라면 "이제는 안다"

라고 말할 수 있게 되는 것입니다. 불안하고 거추장스럽기만 한 '스무 살'이 말랑한 얼굴, 청춘의 얼굴을 내보이는 순간이며, 빛나는 시절의 연분홍 꽃망울을 터뜨리는 주문이 되는 놀라운 사건입니다.

소설이 끝날 때까지 은호를 응원했는데 어느 순간 위로를 받은 건 나였다는 것을 깨달았습니다. 스무 살의 은호를 통해 나는 스무 살의 내게 꽉 쥔 손의 힘을 풀라고, 편안하게 힘을 빼라고 말해 줄 수 있었습니다. 더 나아가 지금의 나에게도 괜찮다라는 말을 할 수 있었습니다. 『이 와중에 스무 살』을 읽으면서 내게 있었던 조용한 사건입니다. 그러니 이런 은호를 어떻게 사랑하지 않을 수 있을까요?

하성란(소설가)

생각해 보면 스무 살을 건너는 일은 무작정 버스를 타고 목적도 없이 달리는 시간과 비슷했던 것 같다. 날이 밝고 환할수록 가로수들의 크고 작은 그림자가 차창 밖으로 더 뚜렷해지듯 무언가를 욕심내고 희망할수록 그것을 이룰 수 없는 '그늘'이 더 짙게 다가왔기 때문이다. 『이 와중에 스무 살』은 그 시절 우리의 기억들을 불러내어 그 그늘이 "결정적으로 결여된 것"이 아니라 모두에게 주어진 동일한 성장통이었음을 설득시킨다. 책을 읽듯 세상을 읽고 싶어 하는 주인공 은호가 보물찾기처럼 발견한 자기 상처들이 진솔하고 온화하게 펼쳐진다. 약간의 가능성을 움켜쥐더라도 계속 걷는 것이 가장 용기 있는 자들의 선택이라고 말하는 이 소설이 동일한 막막함을 가진 이들에게, 사는 대로 사는 관성이 아니라 "갈증처럼 생생하고 구체적인" 감각 속에 삶을 예리하게 느끼며 살고 싶다고 말하는 스무 살들에게 빛나는 위로가 되어 주기를 바란다.

김금희(소설가)

이 와중에 스무 살

초판 1쇄 발행 2022년 10월 31일
초판 2쇄 발행 2023년 6월 1일

지은이 • 최지연
펴낸이 • 강일우
편집 • 정미진 최은영
조판 • 이주니
펴낸곳 • (주)창비교육
등록 • 2014년 6월 20일 제2014-000183호
주소 • 04004 서울특별시 마포구 월드컵로12길 7
전화 • 1833-7247
팩스 • 영업 070-4838-4938 | 편집 02-6949-0953
홈페이지 • www.changbiedu.com
전자우편 • contents@changbi.com

ⓒ 최지연 2022
ISBN 979-11-6570-166-6 43810

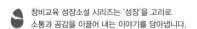

창비교육 성장소설 시리즈는 '성장'을 고리로
소통과 공감을 이끌어 내는 이야기를 담아냅니다.